# 我的妹妹哪有這麼可愛！

7

伏見つかさ
Tsukasa Fushimi
Illustration●かんざきひろ

我的妹
哪有
這麼
可愛！
7
伏見つかさ
Tsukasa Fushimi
Illustration◆かんざきひろ

# CONTENTS

第一章 P11
第二章 P79
第三章 P141
第四章 P219

第一章

我穿著全新的衣服仰望天空。

此時晴朗的天空看不見任何雲朵。輕撫過皮膚的微風讓人感覺很舒服。

暑假過了幾天之後，我來到車站前面。

具有未來都市感的單軌列車流暢地橫越過我的視野。

我周圍能看見幾個與大量湧進車站裡面的人群不同、打扮入時的年輕人。其中也有人正看著手錶或手機。而我同樣把目光放到了自己的錶上。

——九點半。

「來得太早了……」

當我這麼嘀咕時，我所等待的人發出了聲音：

「讓……讓你久等了！」

我一抬起頭，她便露出了不太好意思的微笑……眼前這女孩就是我的女朋友。

她的名字是高坂桐乃，我心愛的戀人。

除了染成淡褐色的頭髮之外，兩耳還戴著耳環，而且有雙修長的腿與高眺勻稱的身材。

儘管臉龐還留著一抹稚氣，但豔麗的程度已經足以讓親人也為之著迷。

桐乃一出現之後，馬上引起周圍一陣鼓譟。這些人八成沒想到，和我這種不起眼的傢伙約在這裡見面的，竟然會是這樣的美少女。

我不否認自己內心的確產生了「怎樣？很了不起吧？」這種優越感。

「我沒等多久啦——走吧。」

「嗯。」

桐乃一臉開心地點點頭，自然地挽住了我的手。

那團柔軟的感覺，不禁讓我心跳加速起來。

我朝四周張望了一下，吞了一口口水後才開口說道：

「這套衣服……很適合妳喔。」

「是……是嗎？謝謝。」

桐乃「嘿嘿」地微笑了一下，接著在近距離內仰望著我說：

「你今天的打扮也滿不錯的。」

「嗯，因為衣服都是妳選的啊。」

「因為你沒有品味嘛。」

「少囉唆。」

我們一邊講些無關緊要的話，一邊遠離車站。

沿著圓環逆時針繞了半圈之後，我們便朝著早上的繁華街道前進。
「那個……那個呀……」
「啥？」
「總之……今天我會叫你『京介』。」
「……幹嘛這麼突然？」
「因為這樣……聽起來比較像情侶嘛。」
桐乃大概覺得很不好意思吧。因為她竟然為了自己說出來的台詞而滿臉通紅。
話雖如此，其實我自己也被她感染到那種害羞的心情了——
「隨……隨便妳啦。」
我說完之後便直接撇別過頭去。
我們這副模樣，不管怎麼看都像是一對剛在一起的情侶。
「那……那麼，京……京介。」
「什……什麼事？」
「今天……要去哪裡呢？」
我想應該有許多人會感到驚訝吧。
我們這對原本感情相當不好的兄妹，究竟是在什麼時候，變成這種非比尋常的關係呢……

……就讓我把時間倒回去做個說明吧。

送走莉亞的那個時候……我妹妹對我提出了這樣的「請求」。

**——你啊，當我的男朋友好嗎？**

聽到這句嚇死人的台詞後，我簡直無法相信自己的耳朵，所以一時之間根本答不出話來。

由於實在太過驚訝，所以我只能全身僵硬地瞪大眼睛，內心充滿了無限的困惑。

看見我這個樣子後，桐乃便說：

「……嗯……」

她臉上仍然泛著紅暈，支支吾吾地考慮著該怎麼開口。

桐乃用怯生生的視線仰望著我。

「那個……不……不行嗎？」

「也不是啦……」

我急忙接著說道：

「這不是行不行的問題……而是妳這是什麼意思啊……？」

我反射性地與樣子不太對勁的妹妹保持距離。

第一次人生諮詢時，我曾思考過「桐乃會迷上妹系遊戲的原因」，而現在的心情就跟冒出了糟糕透頂想像的當時一樣。

「我……我我……我是妳哥哥耶！話說回來現在是怎樣？原來妳……妳真的喜歡我嗎？」

這簡直像妹系成人遊戲裡才會有的台詞。

沒想到我居然會有講出這種話的一天……

「！」

我這種退避三舍的回答讓桐乃整個人瞪大眼睛愣住了。她原本通紅的臉一瞬間便變得蒼白——但馬上又咬緊了牙關，再度紅著臉破口大罵：

「不是！……才不是哩！像你這種……像你這種……我哪有可能會喜歡你啊！少自作聰明了！」

使盡全力比手畫腳的桐乃這麼辯解著——看得出她已經完全抓狂了。

雖然我嚇得要死，還是吐槽她說：

「『當我的男朋友好嗎？』這是妳自己問的吧？」

「聽人把話說完好嗎！這當然是有理由的！」

「什麼理由？」

「對！我剛剛那樣說，只是要你『裝成』我男朋友而已！」

「『裝成』妳男朋友？既然這樣妳一開始這麼說不就得了！還問什麼『當我的男朋友好嗎？』……講這種話別人當然會搞混——妳懂不懂啊！」

啪！

「好痛！」

這臭女人居然打我耳光！這是拜託別人的態度嗎！

「哼！那……那是因為你是妹控才會有這種奇怪的誤解吧？」

什麼奇怪的誤解……妳那種問法，任誰都會聽成那種意思啦！

「白痴！你這個白痴！之前明明還在別人面前那麼大聲地喊著：『我是妹控啊——！』」

「唔……」

唔唔唔唔哇哇哇啊啊啊啊啊啊啊！不要讓我回想起來！妳是想逼我去自殺嗎？

「那……那個跟我們現在講的沒關係吧！不要翻舊帳啦！」

「怎麼會沒有關——你吵死了！總而言之！我必須去見一個人，你要在她面前裝成是我男朋友！懂了沒？」

而這段回想其實還有後續。

「初次見面，我是藤真美咲。」

眼前的女性這麼說完後，臉上露出了親切的生意人笑容。

遞來的名片上面則寫著：ETERNAL BLUE股份有限公司負責人・藤真美咲。

「妳好，我是赤城京介。」

我報上了事先講好的假名。

這是暑假開始的第一天，地點則是在車站前的咖啡廳。和我坐在一起的桐乃跟藤真社長（還是叫她美咲小姐好了）約好了在店裡見面。坐在我們對面的美咲小姐凝視著我，那種眼神彷彿可以看穿我內心一樣。

「所以呢——事情你已經聽說了嗎？」

「嗯，大致上。那個……你們是想正式挖角桐乃，請她當貴公司的專屬模特兒？」

「是的。可以的話，我希望將她帶到歐洲的總公司去。只要她有意願，剩下的我都可以幫她安排好。」

美咲小姐輕鬆地講完了這段嚇死人的內容。她的架勢完全就是一位精明的商場女強人。

在我認識的人當中，大概只有Fate小姐有這種氣質。而且她們連聲音和體型都很相似。如果Fate小姐cosplay成女社長的話，應該就是這種感覺吧。

不過身為真正社長的美咲小姐，身上散發出來的威嚴與沉著當然是非同小可。

拿她跟缺錢的打工族來比應該很失禮吧。

「然後呢？」

「京介小弟，請你和桐乃分手。」

「啥？」

「多少錢我都願意付。」

「等等等等等等等！這不是錢的問題吧！」

這位大姊突然在亂說些什麼啊！

美咲小姐愣了一下之後才問道：

「咦？我們今天要談的不就是這件事嗎？」

「請稍等一下好嗎？再怎麼說這也太急了一點。」

「我不這麼認為。嗯，好吧。」

美咲小姐溫柔地對桐乃開口說：

「桐乃，看來妳男朋友的理解力相當低，還是由我親自來說明好了。」

「好……好的。」

桐乃緊緊握住了擱在腿上的拳頭。

「妳不用這麼緊張嘛。」

美咲小姐噗哧一聲笑了出來。

「簡單來說，就是我想挖角桐乃到我們公司，而她卻說自己有男朋友，所以不想到國外去發展。」

沒錯。桐乃提出的「請求」，就是要我假裝成她的男友，好讓想請桐乃當專屬模特兒的美咲小姐放棄這個邀約。

對於這次挖角，桐乃似乎打從心裡感到光榮。因為對女孩子來說，能當上心愛廠商的專屬模特兒原本就是一件相當興奮的事情。

可是就算這樣……桐乃還是沒有答應對方的意思。

嗯，這也難怪。畢竟就像莉亞說過的，這裡才是屬於桐乃的地方。

當然，純粹只是想拒絕的話並不是一件很困難的事。應該說，即使桐乃本人非常有意願要接下邀約，這件事也很難談得成功。

因為這傢伙講難聽一點——才剛結束出國留學逃回來家裡呢。

她哪有臉再去拜託老爸，說自己因為想成為職業模特兒，所以得再到國外去一趟呢？再說桐乃去留學的時候，老爸看起來也非常寂寞的樣子——我猜他才不會這麼簡單就再度讓女兒離開自己身邊。

既然如此，桐乃這次為什麼還會找上我幫忙呢？這大概是因為她想盡可能穩當地解決這件事情吧。據說美咲小姐——藤真社長是一位曾經當過頂尖模特兒的一流服裝設計師，在時裝界裡似乎是交遊廣闊的有力人士。此外她的個性可以說非——常的強硬。

由於對方並不會輕易打消主意，這時如果還讓原本就不太認同模特兒工作的老爸介入的話，事情滿有可能會搞得很複雜。這麼一來，桐乃說不定連讀者模特兒都很難繼續下去了。

於是，桐乃一不小心——

「我……我有男朋友了！因為我想珍惜和他在一起的時間……所以我不想去國外！」

就隨口講出這種理由啦。

我這妹妹還是老樣子，一被別人逼急就會做出傻事。由於這是從她那裡聽來的，所以我也沒辦法保證她當時講的台詞就是這樣。

「所……所以你就裝成我男朋友，和我一起去說服社長啦！」

總之呢，事情的經過就是這樣。

為什麼我非得做這種事呢？我心裡當然也有這樣的反感。可是啊……

誰叫這傢伙除了我之外就沒別的男性可以拜託了呢？

這樣我根本沒辦法拒絕嘛。哼，反正我就是妹控啦。我雖然討厭讓我妹跑到國外，但要是她接下來無法從事喜歡的工作，我也會覺得很可憐。

最後我只好不甘不願說了聲「好啦」，答應幫她這個忙。

「——事情就是這樣，所以請你跟桐乃分手。」

「哼，我拒絕。」

我很堅定地對美咲小姐這麼說。

「五十萬圓如何？」

「真的假的？」

我「喀噹」一聲挺出上半身。

太扯了吧！這麼一大筆錢……這下可是連love doll都能買了耶——

「咕噗……！」

有人從美咲小姐看不見的死角，用手肘朝我的側腹頂了一下。等到我冒著著冷汗側眼瞄了妹妹以後，才發現她擺出了「你在心動什麼啊……？」的眼神瞪著我。

不……不是啦。我只是有一點嚇到而已！

我重新面向美咲小姐，正氣凜然地開口：

「很抱歉，這不是錢的問題——因為我深愛著桐乃！」

噗嘰！我的腳被狠狠踩了下去。

「……嗚！」

當我忍著痛看向桐乃時，才發現滿臉通紅的她不斷開合著嘴巴。

桐乃抓住我的袖子，把嘴巴湊到了我耳朵旁：

「喂，你……你這樣講很丟臉耶……！」

「笨蛋，這種事不直接講清楚不行啦。」

「就……就算這樣……你這麼講也太過火了……」

桐乃甚至羞到眼裡已經泛著淚光。

看到我們這樣的互動後，美咲小姐臉上浮現妖豔的淺笑並開口說：

「呵呵，看來你們兩個正在熱戀當中呢。」

「咦……」

回神過來的桐乃趕緊回過頭去。

而我露出牙齒爽朗地笑著說：

「我們感情超好的，對吧？」

啊啊，好噁心！不過如果要騙過別人的話，就一定得做到這種地步才行！

我將手繞到桐乃的肩膀上，一把將她摟了過來。

「哇呀！」

桐乃嚇得全身僵硬——

「好噁！你幹嘛突然這樣？」

「很痛耶！等一下，哪有人對男朋友說好噁的！」

我一邊忍著側腹被手肘頂到的疼痛感，一邊在桐乃耳邊小聲說：

「（小聲）喂，妳到底想不想演下去啊？妳看美咲小姐已經在懷疑了……！」

「（小聲）誰……誰叫你要那樣……！你……你抱人的方式很色耶！」

「（小聲）笨蛋，那是妳的錯覺啦！」

當我和桐乃說起悄悄話的時候，美咲小姐便充滿興趣地凝視著我們。

「你們怎麼啦？」

「什麼事都沒有！」

我們兩個同時猛搖頭。

美咲小姐把手放在下巴上，思索了一會才用頗有深意的語氣開口低聲說：

「嗯，好吧。」

「咦？」

「總而言之——桐乃有男朋友的這件事我明白了。」

「那麼……」

桐乃放鬆了表情。但美咲小姐接著用漂亮的指甲戳了戳玻璃杯，然後平靜地說：

「嗯……不過我還沒有放棄。畢竟你們說不定馬上就會分手呢。」

「不……不會有那種事的！」
桐乃大聲反駁。
對這傢伙來說，能不能說服對方就看現在，所以她也豁出去了。
然而對方卻像柳樹一樣完全不受力，輕輕就把桐乃的話帶過。
「是這樣嗎？那我換個話題吧。桐乃，妳明天有空嗎？」
「咦？為……為什麼這樣問？」
「明天呢，在新宿有我主辦的服裝秀。有時間的話，我希望妳可以過來看。到時候要是有喜歡的衣服，我也可以送妳。怎麼樣呢——？」
美咲小姐的雙眸閃過一道光芒。
總覺得這邀請非常可疑……她該不會是想用這種方式把桐乃約出來，再讓她掉入無法拒絕的局面吧？也許是我想太多了，但我內心還是覺得非常不妙。
我覺得自己的預感一定不會錯的。因為這個人……
和Fate小姐打算讓我請吃飯的時候一樣，都露出了一副獵人的眼神。
「對不起，明天不太方便……」
我在桐乃答覆前先拒絕了邀請。
「為什麼是你回答啊？」

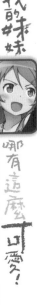

呃……要找個藉口才可以……於是我立刻這麼說道：

「因為我們明天要約會。」

「咦咦？」

桐乃在旁邊瞪大了眼睛。

笨蛋，妳要配合我啦！

為了將自己的企圖傳達給妹妹，我只好把臉靠過去，然後在極近距離下對她眨眼。

「我說的對吧？甜心？('-^*)」

「噁…………(;Д|||)」

耶嘿嘿。

我也沒想到自己會讓人噁心到這種地步耶。

這樣的一幕結束之後——哎呀，回想可還沒結束喔。

「你……你對自己妹妹的性騷擾也太誇張了吧！」

我在自己家裡的客廳挨了妹妹一頓罵。順帶一提，因為不能在美咲小姐面前一起回家，所以我們只好在咖啡廳前分手然後各自回家。

回家後我便被罰在地板上正坐，而桐乃則是用一隻腳踩到了我膝蓋上後站了起來。

只見她拚命地用力旋轉旋轉旋轉……

「喂，很痛耶。」

我一臉正經地抱怨著。

「還敢說痛！你……你剛才那到底是什麼意思！」

「妳在說什麼啊？這一次我可是有自信，已經採取了自己所能做的最佳行動唷。」

「你說的最佳行動是什麼？難道是強摟著超可愛妹妹的肩膀、緊貼在她身上磨蹭，然後強迫她在公眾場所做出那種丟臉的把戲嗎？」

「妳這分明是故意陷我於不義！」

又不是成人遊戲裡面的情節。

「說起來，不是妳自己要我裝成妳男朋友的嗎？」

「我又沒叫你扮痴漢！啊、啊——我受夠了！觸……觸感到現在都還留著……」

桐乃一邊摸著之前和我貼在一起的部分，全身還一邊猛發抖。

可惡……真是沒禮貌……

我感受著妹妹腳底板踩在我膝蓋上的觸感，再度開口：

「說起來妳太自我意識過剩了啦。我們是兄妹，稍微碰一下又有什麼關係？」

「怎麼可能沒關係！」

桐乃似乎快氣死了。受不了，真是個暴躁的傢伙。我對妹妹的身體根本就沒什麼興趣。妳這樣也實在太誇張了吧？

「總覺得……那個……我說你啊，我才不在幾個月而已，你就已經變成這種變態啦？」

「妳想太多了。」

我用正氣凜然的聲音要桐乃不必擔心。

實際上，我想大家也都會同意——我不認為自己變成了變態。

只是我認識的變態變多了而已。

「是……是嗎？」

「是啊。證據就是綾瀨之前還解除了我的拒接來電耶。別說變態了，我可以說正一步一步邁向成為爽朗好青年的路上哪。」

「你被設成拒接來電這件事我倒是第一次聽說。說……說起來……綾瀨最近怪怪的，不會是受到你的影響吧？」

「錯了。那傢伙原本腦筋就怪怪的，絕對不是我害的。」

在這裡我還是做個說明，最近綾瀨已經取代桐乃，開始對我提出「人生諮詢」的要求（但我每次都不會有什麼好下場就是了）。

這時候，桐乃的手機在桌上震動了起來。

嗶嗶嗶嗶嗶嗶。

「咦，是誰啊？」

桐乃急著接起電話。

……該不會真的是綾瀨吧？

難道她在桐乃的髮夾裡裝了竊聽器，因為我剛剛說了綾瀨的壞話，她就打電話過來了……

不不不不。

當然不可能會有這種事，雖說只是一瞬間閃過了根本沒道理的妄想，但應該也可以表達出我對這個叫新垣綾瀨的少女有多害怕吧？

因為那女的就是這麼恐怖。

桐乃正在我眼前講著電話。

「嗯，嗯……這樣啊，我知道了。謝謝妳囉，還特地打過來告訴我。嗯……bye bye。」

嗶。掛掉電話以後，桐乃臉色發青地朝我看了過來。

「怎……怎麼了？」

「……事情糟了啦，都你害的。」

「啥？」

「剛才的電話，是當模特兒的朋友打來的。」

鬧脾氣的桐乃從我面前別開了目光。

「她說美咲小姐好像會來監視我們約會……」

「什麼？」

我毫不掩飾自己的驚訝。

「監視……那個人不是說當天會有她主辦的服裝秀嗎？但現在主辦人自己卻想把活動甩到一邊，還跟來看別人約會，這講不通吧？」

「那是因為……她可能會把活動交給代理的人，然後自己跑過來啊……」

「會有人做到這種程度嗎？正常人都知道哪邊比較重要吧？」

「唔……」

一瞬間哽住的桐乃又說：

「我哪知道啊！誰叫我也是剛剛才聽別人說的！這表示美咲小姐對我就是這麼執著吧？」

「嗯……嗯……是這樣嗎？」

那妳也不用生氣吧？儘管我有點沒辦法釋懷，但還是點了頭。

桐乃則是一副「你懂就好」的態度，嘟起了嘴唇。我又把話題轉回來：

「不管怎樣，事情是不太妙。意思是說……她會跑過來確認我們是不是真的在交往，還有感情好到什麼程度囉？」

在那之後，美咲小姐也逼問過我們會合的時間和地點，現在她都已經知道了……

「……換個角度的話，說不定這樣正好。」

「為什麼？」

「因為美咲小姐不知道我們已經明白她會跑來監視了。既然這樣……只要讓她看清楚我們認真在約會的樣子就行啦。」

「原來如此。妳是想在她面前裝出甜蜜的模樣，讓她死心對吧？事情都這樣了，現在也沒辦法中途取消約會。唉，只能拚啦。」

「…………」

「嗯？妳怎麼了？」

「沒……沒事啦……講什麼甜蜜啊，噁心。」

就因為這樣——才會接到一開頭的場景。

「呃……呃……京……京介！……要去哪裡呢？」

「這個嘛……」

我和桐乃一邊介意美咲小姐不知道正從哪裡監視著的目光，一邊手挽著手裝成恩愛情侶。

總之我們先沿著鐵路旁的馬路，往千葉中央車站的方向走。因為還不到十點，營業的店還不多。像這樣一邊閒晃一邊決定要去的地方應該剛剛好。

「今天天氣不錯，去植物園之類的怎樣？」

「好土！拜託，你認真點想好不好！」

雖然這就是我認真想的結果。

「老媽之前跟朋友去過，說那邊還不錯唷。」

「駁回。」

有夠無情的。

按照設定，我們今天是甜甜蜜蜜的關係，所以我也不能隨便惹她生氣。

「那妳覺得哪裡嘛？妳應該有想去的地方吧？」

「……去京介想去的地方就可以了。」

講這種話的女生是最麻煩的啦。當麻奈實這麼說時，就表示真的到哪裡去都沒關係。但桐乃這樣說的意思根本不是「我們去你想去的地方嘛」，而是「你來猜本姑娘想去哪裡吧！」要是猜錯的話，當然會被罵。得仔細考慮這傢伙的喜好來回答才可以……

「嗯——那麼……」

記得之前玩過的遊戲裡有這樣的台詞……我開口時連語氣都模仿了遊戲的主角：

「雖然很老套，就去看電影吧（陽光笑容）。」

噠！桐乃猛踩我的鞋尖，然後又繃著一張臉湊過來跟我說悄悄話：

「你那根本是照著成人遊戲的選項講出來的吧！」

「不會吧……為什麼會穿幫……？」

「那是我借你的遊戲吧！不要拿成人遊戲的知識來訂約會方案啦！」

「慢著慢著，桐乃——盒子上面有寫那是戀愛模擬遊戲不是嗎？這才是遊戲原本的利用方式吧？」

「完全不一樣！雖然戀愛模擬當遊戲玩很有意思，但跟真實的戀愛一比，說明白點，那就像超簡單模式一樣啦！」

「唔……」

被這樣一說，我覺得和桐乃約會根本像在玩超困難模式。

遊戲當不了參考啊？

要是有人在旁邊聽到我們兩個的對話內容，肯定會嚇得退避三舍。

但是在旁人眼中，我們應該只像是一對挽著手然後把臉貼近對方的情侶，看起來正在小聲地說著甜言蜜語才對。

而麻奈實就在這時候從旁邊經過。

戴著眼鏡穿著樸素便服，並且從鬧街轉角登場的，就是田村麻奈實。

她是我的青梅竹馬。麻奈實若無其事地經過了我們身邊——

「——咦？」

她猛一轉頭。

「咿？」、「噗！」

我也嚇得整個人跳了起來。只有桐乃不改她從容的態度。

「…………」

麻奈實睜大了雙眼盯著我們看。

對於成天一直在聽我抱怨妹妹的這傢伙來說，這幕光景應該很難理解吧。

一大早八成是想要去哪裡參加特賣會的麻奈實，就在開開心心上街時目擊了她一直以為關係並不要好的某對兄妹，正熱情地手挽著手走路的現場。

現在這是什麼狀況啊？

我好像該講個什麼理由才對，但現在有人在監視，輕舉妄動的話說不定會造成難以挽回的

後果……我知道自己額頭上已經在冒汗了。

「………………小……小京？還有桐乃……」

「啊——我們出門是要……呃，嗯。」

我鞭策無法運作的腦袋，拚命想擠出藉口。結果……

桐乃用力拉了我的手臂。

「——走吧，京介。」

「咦？喂，喂……！」

「走就對了啦。」

用力拖。用力拖。

妹妹的力氣頗大，我就在不知道該怎麼辦的情況下，被她從麻奈實身邊拉開了。

傻眼的麻奈實一臉呆呆地目送著這樣的我們。

「喂，喂……剛才那樣，一定會讓她有奇怪的誤解啦……！」

「有什麼辦法。我也不想勾著你的手走路啊。」

桐乃看都不看這邊地吐出了這麼一句話。

傷腦筋。這下子之後要說明很累耶……

糟透啦——雖然我這時候就覺得很煩了，但之後我才知道，這不過是個開場罷了。

我們還是繼續往距離千葉中央車站最近的電影院走。挑了我一堆毛病的妹妹，最後似乎還是同意去看電影。

「話說回來……噗噗，她那張臉好誇張耶。」

「……妳不要欺負完我的青梅竹馬還露出一臉高興的表情好嗎？」

「我問你喔，我們現在，看起來像什麼呢？」

桐乃「嘻嘻嘻」地笑著。

她根本沒在聽人講話。居然還開心成這樣，妳就這麼討厭麻奈實啊？

「妳問我像什麼……」

麻奈實也知道我們是兄妹，當她看見我和桐乃簡直像情侶一樣地手挽著手走在街上……

「我又怎麼會知道呢？」

老實說，我根本沒辦法想像。對我來說，就只覺得尷尬&噁心而已。

「啥？你認真回答啦！」

「吵死了。好啦，妳要看哪部電影？」

我們抵達電影院了。往牆上貼的海報一看，現在似乎有幾部電影正在上映。

「嗯——」

桐乃思考了一會說：

「我想……就這部吧。」

她指向某部電影的片名。看來那好像是愛情片。

我變成一副苦瓜臉。

「愛情片啊……」

「怎樣？約會看這個很正常吧？你有意見嗎？」

「沒有，也不是意見啦。」

我指了指旁邊的片名說：

「妳應該比較想看這部動畫電影吧？之前妳不是有提過嗎？」

那部片叫「Little Sisters」。

「因為那部動畫片是兒童取向的嘛。」

「但妳不是就喜歡這一類的嗎？」

「是很喜歡啦……可是一般來講沒有人在約會的時候看吧。……而且感覺和我也不搭。」

「是這樣嗎？」

我帶著桐乃一起到了售票口，這樣說道：

「『Little Sisters』，高中生一張，國中生一張。」

「啊，等……等一下！」

「幹嘛啦?有什麼關係,反正我想看嘛。」

「…………是喔,那隨便你。」

說完,桐乃嘟起了嘴唇。明明有人監視,你居然還看動畫片——也許她是這樣想的吧。但是,我對這樣的結果感到有點安心。

——誰想跟妹妹一起看愛情片啊!鐵定要拚命阻止這種事發生吧!

兩小時後——

「啊~~~~~~~~~超好看的!太滿足了!」

我和桐乃正一起走出電影院。原本心情那麼糟的桐乃,似乎對動畫片的內容相當滿意,興奮得連有人在監視都忘了。她像個小朋友般地張開雙手,大動作地和我比手畫腳聊了起來。

「——就說吧!主角陣容的那群女生真的超蘿莉超可愛的!本來我就覺得角色設計感覺很不錯,一直有在注意這部片,不過這種片給人的印象就是會把萌的成分沖淡,結果說教味變得很重對吧?那樣子不管當成兒童取向的動畫來看,或者當成以萌為主的動畫來看都是半吊子嘛!所以我自己也有擔心這一點。可是,等實際看的時候就嚇到了!這完全是一部有萌有熱血的佳作嘛!這該說是誤打誤撞嗎?而且幫女主角配音的聲優,其實是在梅露露第一季裡幫女同學配音的人對吧?就是美衣子小姐。話說我之前就有在注意她了,這樣子看來,她說不定會紅喔。嘻嘻！哎，眼光這麼長遠的我也很厲害就是了。」
「…………好噁。」
我不小心就把我妹的專利台詞講出來了。臉也自然而然地繃了起來。
這女的沒救啦……她根本不在乎周圍的眼光，已經進入自己的世界了。
「喂！你有在聽我講話嗎？」
「有有有，我在聽。不過妳真的很吵耶。」
「啥？」
「現在說不定還有人在監視吧？」
我一糾正，桐乃才像回神過來似地遮住了嘴巴說：
「…………對喔。」
她終於安靜下來了。
我搔起頭說：
「……到目前為止，我一次都還沒看見美咲小姐出現。妳呢？」
「剛才我有瞄到一個有點像的人。現在人太多分辨不出來就是了……我想她大概在吧。」
傷腦筋。還真的跟過來了啊？這個人未免太麻煩了吧？
「這樣的話，我知道妳很高興啦……不過還是安分一點，好嗎？」

「……我曉得啦。可是我就是很開心啊。」

「這樣嗎？」

我嘆了一口氣。

對我來說這部片也沒有那麼有意思就是了，不過——

「……那真是太好了。」

看到她這麼高興，對於選了這部片的人來說，心情倒是不錯。

「我餓啦，去吃個飯吧。」

「不准去速食店或簡餐店唷。」

「……好好好。」

我記得她好像在聖誕節的時候也講過類似的話。

這女的真會傷荷包。

「那讓妳選吧。」

「啊？一般來講，都是男生訂好約會計畫，然後主導整個過程吧？」

這女的真麻煩。我把手湊到太陽穴上面說：

「還有人在監視對吧？電影是照我的品味選的，這次換妳挑個比較有模有樣的地方比較好吧？」

「……嘖，好像有道理。我知道了。那麼，這次我來幫你選。你要好好參考本姑娘的品味，為下次做準備。」

哪可能會有下次？

「——那就這裡囉。」

「……蛋糕店？我說過是吃飯吧？……算了，也可以啦。」

桐乃選的，是一家相當安靜的蛋糕店。店裡面播著古典音樂，而內部的裝潢——也很有千金小姐的氣息。原來如此，對於想追求成熟感覺的女生來說，這樣的店應該滿有人氣的。店員帶領我們到窗邊的位子後，我們便面對面坐了下來。由於桌子的面積很小，因此兩個人之間的距離非常近。

桐乃一臉得意地揚起了嘴角。

「這家店氣氛不錯吧？我常常跟綾瀨一起來。」

「是喔……嗯，感覺是不錯啦。」

我望了望四周。鼻子裡聞到蛋糕店特有的紅茶與蛋糕的甜甜香氣。光顧的客層全是年輕女性，只看得見一對情侶，不過男方和我一樣都靜不下來地到處張望著，一跟我對上目光，他就拋來了苦笑。

——他應該快待不下去了吧？

我和那個不認識的男性深有同感，便回了他一個意思相同的苦笑。

這時候，坐在我正對面的桐乃一開口便尖銳地說：

「頭不要轉來轉去的。你的正後方有人在看。」

「真的嗎？」

「應該啦……那個人感覺很像。」

意思是說，我們似乎還被監視著。這下子對方大概是打算跟到最後了。

「那麼——要點什麼呢？」

我為了讓桐乃也能看得清楚而將菜單攤在桌面上，結果給情侶點的聖代馬上映入眼簾。而旁邊就是附有兩根吸管的情侶飲料單。

「…………再怎麼說也不會點這種東西吧？」

「廢……廢話！」

動搖的桐乃有些發飆了。

啊啊，得救了。能讓我這樣想的時間很短暫，桐乃又表情嚴肅地盯著菜單說：

「可是……美咲小姐現在看的也是這份菜單吧……」

「不行不行！再怎麼樣也不用做到這種地步吧！告訴妳，我就算跟女朋友一起來也不會點這種丟臉的東西啦！」

「是……是嗎？是沒有錯啦……嗯……」

桐乃難為情地點了好幾次頭。

這傢伙一旦開始做什麼，就會全心全意地付出，所以才不知不覺地在「假裝」跟我約會時也花下全力吧。

桐乃像是在掩飾害臊般飛快地翻著菜單。

「要……要點什麼呢？」

就在這時候——

「哎呀，這不是桐乃嗎？」

旁邊座位忽然傳來了一道感覺很囂張的蘿莉聲音叫著我妹的名字。

我和桐乃同時轉頭，睜大了眼睛。

「加……加奈子！」

「哈囉——」

雙馬尾少女臉上浮現的笑容一看就覺得很壞心，她是來栖加奈子。加奈子和桐乃是同班同學（升了學年之後似乎還是同班），同時也是模特兒圈子的朋友。

這就是所謂丈八燈台照遠不照近嗎？

當注意力全放在監視者的目光時，沒想到認識的人就坐在旁邊的位子上。

糟糕。我的臉在這傢伙來家裡玩的時候已經曝光了。

這樣下去，我是桐乃的哥哥這件事不就要穿幫了嗎？

「怎樣？來約會啊？嘿～就知道，桐乃果然有男朋友。」

這呆子已經忘了我的長相。根本白擔心了。畢竟我扮成經紀人的時候，她也完全沒發現。

明明活動的劇本她只要讀一次就可以全部背下來……也就是說這傢伙從一開始就不打算記住我吧？

「……還……還好啦。不……不過，妳要幫我跟大家保密喔。」

桐乃「耶嘿嘿……」地露出了撐場面的笑容。哎，也沒其他選擇了。再說要是跟加奈子否認的話，事情會變得更複雜。

桐乃，這可是妳的失策耶。跑到平時跟學校朋友常來的店，當然會遇到學校的朋友嘛！還好碰上的是加奈子。

如果碰上綾瀨的話，不知道會變怎樣？

「話……話說回來加奈子妳呢？是出來買東西嗎？我記得妳好像說要去哪裡玩——」

「嗯——我是出來搭訕的啦。」

加奈子懶洋洋地說。

「這……這樣啊。成果怎麼樣？」

聽到桐乃的問題，加奈子露出相當不屑的眼光，接著伸長了下巴示意「成果」就在那邊。

在她那裡，可以看見另一個像是去幫加奈子拿紙巾的人正要走回座位。

「來，小奈奈。我拿紙巾來了喔～」

「我說啊～不是都說過別叫我小奈奈了嗎？」

「咦——可是……哎呀，這一位是？」

「我學校的麻吉。喂，快打招呼。」

「嗯……嗯……」

被加奈子這樣催促，那傢伙便一臉緊張地把手按在自己平平的胸部上。

加奈子捕獲的獵物究竟是——

「啊！是阿爾——不對，是布莉姬！」

就像桐乃大聲叫出來的一樣，那個人我們認識。

布莉姬·伊凡斯。她是個金髮的女孩子。布莉姬穿的是形象清純的白色洋裝，和打扮成遊戲人間模樣的加奈子站在一起實在很不搭調。

同時也是人氣cosplayer的她對桐乃小小聲打了招呼：

「很……很高興認識妳……妳好。」

「妳……妳好！唔……唔哇～～～沒想到會在這種地方遇到妳！」

桐乃又變得更大聲了。與其說她在緊張，感覺更像是亢奮。

「請問……妳認識我嗎？」

「咦？啊……啊——呃……」

其實我是在梅露露的cosplay活動中認識妳的，而且還是死忠粉絲喔！桐乃總不能這樣說。

心慌的她隨便找了個藉口：

「那個……綾瀨有讓我看過妳的照片！呃，布莉姬妳和新垣同一間公司對吧？所以我才會認得妳，嗯～我是覺得，妳好可愛……」

「啊，原來是這樣啊。」

看來布莉姬接受了這套說詞。

我才想另一個人不知道能不能接受這種說法時，才發現加奈子只顧著猛吃巨無霸聖代，根本就沒在聽她們說話。

這麼說來……布莉姬也完全沒發現，我就是那時候的經紀人呢。只是變裝一下就認不出自己認識的人，她們實在是滿呆的。認識的人如果變裝的話，換成我絕對一眼就會認出來啦。

「我……我是高坂桐乃！請多指教喔！」

「好……好的……我叫布莉姬．伊凡斯。」

短短的自我介紹結束之後，桐乃吞了一口口水，跟綁著雙馬尾的同學搭起話：

「加奈子，妳搭訕的對象就是布莉姬嗎？還有妳在哪攔到她的，快跟我說！」

「才不是咧！我是在車站前面等人來搭訕，後來就遇到這傢伙了～都叫她不要纏著我了，她又不聽～害得我要找人當我的錢包計畫都失敗啦。」

「這……這樣啊……」

這傢伙的行徑還是這麼惡劣。其實前陣子發生了一些事，在那之後布莉姬變得很喜歡黏著加奈子。後來，她們兩個似乎就常常混在一起。

「算啦——不重要。桐乃，陪我一起吃啦～」

加奈子問都不問就把自己的椅子擺了過來，還自己動手併桌。

然後她看著我這邊，以裝可愛的腔調說了一句：

「那麼，桐乃的男朋友，結帳就拜託你啦♡」

說完後加奈子便理所當然般把收據放進了我們這桌的帳單架上。

「等～等一下……小奈奈……這樣不行啦。」

「沒關係的啦，妳也過來這邊。啊，加奈子還想吃草莓蛋糕耶～」

「哎……哎喲……」

說來說去，布莉姬還是乖乖坐到了加奈子正對面。

妳們兩個啊……

我今天是假裝在約會，所以就算了，假如這是真的在約會，妳們就徹徹底底變成電燈泡了。對吧，桐乃？我朝對面瞄了一眼卻發現——

「……………那麼，我們就一起吃吧。」

她那張臉根本是皮笑肉不笑。

加奈子確實是很煩啦，但桐乃這傢伙怎麼會以這種眼神看著朋友啊？

結果後來——我們就跟加奈子她們併桌一起享用輕食了。目前是桐乃坐在我旁邊，而布莉姬還有加奈子則坐在我們對面。

我們點的東西也送來了，幾個人就一邊吃一邊聊天。

布莉姬一臉幸福地用小小的嘴巴吃著鬆餅，同時也朝加奈子露出了微笑。

「小奈奈，吃完飯以後……我們一起去Animate吧。」

「啥？為什麼加奈子非得陪妳玩啊？」

加奈子擺出了一副很明顯的厭惡態度。可是布莉姬仍然不屈不撓地繼續說道：

「因……因為因為說不定還會有梅露露的工作啊。所以說，為了工作做準備……我有很多事想教妳嘛～」

「省省吧，不用了啦。反正就算有工作，也只要照劇本演一演就好了——連在休假時都要陪小鬼頭，我才沒那種空。」

「咦，咦咦……怎麼這樣……」

布莉姬「嗚嗚」地哭出聲音來。加奈子又「唉～」地嘆了口氣說：

「真是的，受不了妳耶。」

**「加奈子妳怎麼把布莉姬惹哭了？我幹掉妳喔！」**

「呀啊！」、「喂，桐……桐乃妳發什麼火啊～」

桐乃忽然整個人湊了過去，嚇得布莉姬和加奈子都仰起身。

加奈子猛眨著眼睛問：

「桐……桐乃妳不是第一次跟這個小鬼見面嗎～」

「是……是沒有錯啦！」

「那妳幹嘛這麼激動啊？太誇張了吧？」

「我……我是因為……那個……」

桐乃在回答時詞窮了。

這是因為呢，扮演阿爾的布莉姬早就讓我萌翻了啦。老實跟妳說好了，本姑娘看妳扮成梅露露的時候也會興奮到流鼻血唷。啊，還有表演活動的Live　DVD我也買了喔！那個真的是太讚啦！超煽情的！最好是桐乃可以這樣老實說出來啦！如果她突然在朋友面前這樣出櫃，就算是加奈子大概也會退避三舍吧。

「妳……妳不用問這麼多吧！總而言之，難得有小女生愛慕妳，妳不可以欺負她！」

「好啦好啦，我知道了。」

加奈子一邊用小指頭摳耳朵，一邊隨隨便便回了話。

「加奈子，妳下次再這樣的話，我要去跟綾瀨說喔。」

「唔，妳來這招……拜託饒了我吧……」

加奈子整張臉都發青了。這種態度讓我很有親切感。

算了，雖然桐乃在生氣，不過加奈子也不是在欺負布莉姬嘛。對於這兩個人的關係，我比妹妹還了解。

接著桐乃又用溫柔的聲音，開始跟因為被加奈子欺負而消沉（桐乃誤以為是這樣）的布莉姬講話：

「布莉姬～♡下次要不要跟大姊姊一起去Animate啊？」

「我會跟小奈奈一起去，不用了。」

斬釘截鐵。

「…………這樣啊，好可惜喔。」

可憐的桐乃，眼睛已經完全變得淚光閃閃的了。

我可能是第一次看到，這傢伙連一句狠話都沒辦法撂下就徹底敗北的模樣。

從布莉姬的觀點來想，與其和「才剛見面又不是很懂梅露露劇情的大姊姊」講話，還是比較想跟最喜歡的加奈子在一起吧？

「我說桐乃，妳對噁心阿宅喜歡的東西應該沒興趣吧？不用勉強跟她聊那些啦。」

「也……也是啦……啊哈，啊哈哈，哈哈……」

這就是瞞著朋友當阿宅的悲劇。當桐乃剛露出緊繃的笑容——

「梅露露才不噁心呢！」

布莉姬就發動了更進一步的凌厲追擊。被她氣呼呼瞪著的桐乃，只好拚命道歉說：「對……對不起喔！對不起……！」唉……要顧好形象還真是辛苦啊。

她明明很想告訴布莉姬：「我也好喜歡梅露露！」的啊。

等到用完餐，布莉姬有點不好意思地朝著我們兩個問了一個問題：

「那……那個……話說回來，你們……是情侶吧？」

---

我們同時愣住了。

「對……對啊。我們確實是——男女朋友啦。」

我一邊注意著「背後的視線」一邊回答。

可惡……這種話一講出來，感覺還真是亂丟臉的。
「那麼……那麼……呃……我想請教一件事……」
布莉姬迅速抬起頭。只見她濕潤的眼裡出現光芒，還微微紅了臉。
「怎……怎麼了嗎？」
表情有點緊繃的桐乃問。結果對方迅速地這麼回答道：
「你們喜歡彼此的什麼地方呢？」
「咦……咦咦？」、「什……」
這……這個早熟的死小鬼！問這什麼問題啊……！
「為……為什麼要問這個呢？」
「呃……因為情侶聽起來，就讓人覺得很憧憬啊……」
「這……這樣啊……不過，布莉姬妳也很受男生歡迎吧……？」
桐乃問了以後，布莉姬便「耶嘿嘿」地露出了害羞的微笑。
「雖然，我被別人告白過很多次……可是，對喜歡之類的感覺，我還不是很懂……」
布莉姬支支吾吾地低下頭，整張臉都紅了。
「……糟糕，這女生超可愛的……！」
桐乃已經興奮得連口水都快滴下來了。布莉姬又和桐乃對上了目光問：

「所以，我才想請大姊姊告訴我一些關於……戀愛的事情。可以嗎？」

「想問什麼都可以！」

布莉姬可愛的模樣完全進入桐乃的好球帶。她可以說已經被早熟的布莉姬迷得神魂顛倒了。

另一方面，加奈子則是噘起了嘴巴碎碎念著「那種事問加奈子就好了嘛」。

「誰叫小奈奈妳想教我的，都是一些奇怪的事情嘛，像是順利被人搭訕的方式之類的……」

「是喔，那隨便妳啦。說起來，其實加奈子也很有興趣——」

半睜著眼的加奈子藐視地望了我。

「說明白點，桐乃妳這個男朋友感覺好不起眼耶。我覺得跟妳一點都不搭就是了。妳是喜歡他哪裡啊？」

要妳管啊！我在內心對加奈子吐槽。

要妳在旁邊多嘴……！被妳這麼一問，桐乃絕對會發脾氣大鬧的啦。她肯定會連有人在監視都忘記，開始猛講我的壞話！

我剛這樣想的時候——

「……我應該，是喜歡他溫柔的個性吧。」

桐乃卻答得挺乾脆的。她一邊瞄著我的臉，一邊小聲地嘀咕：

「還有……像是他滿可靠……的部分吧？」

她又瞄了我一眼。和妹妹對上目光的我，心動地搭了話：

「呃……還……還好啦。」

害羞到極點的我把手伸到了後腦杓。

什……什麼嘛……咦咦？原來這傢伙是這樣想的啊～

可是這時候，桐乃就像之前一樣，一面用手肘頂著我，一面把嘴巴湊到了我的耳朵旁：

「少給我得意，白痴。這是演技啦。」

「……我知道啦。」

也不用特地提醒我吧，可惡。剛才高興的感覺反而讓現在更火大了。

「還有就是啊……這傢伙好像亂喜歡我的唷——」

別以為演戲就可以隨便亂說話。

「——我喜歡的……就是他這些部分。」

「哇啊～」

早熟的死小鬼很滿意桐乃的模範回答，閃亮亮的藍色眼睛正看著我這邊。

「那桐乃的男朋友呢？」

「咦？」

「你喜歡她的什麼部分呢？」

「喂……喂喂喂，我也要回答啊？」

「當然囉，你打算只讓本姑娘說完就算啦？」

桐乃紅著臉瞪我。她似乎也想讓我做出這種丟臉的舉動。

問我喜歡她什麼部分……這問題也太難了吧？也許我確實是個妹控啦，但基本上我還是很討厭這傢伙……呃，只要想想桐乃有什麼優點，然後講出來就行了嗎？這樣的話就從那一點開始講吧，首先呢——

我瞥了桐乃一眼，回答說：

「長相吧。」

「…………………啥？」

桐乃的臉色變得非常難看。我也不是不懂她的心情。要我們兩個互相講喜歡彼此的什麼地方——這種問題不管怎麼答都會很尷尬，而且頗噁心。

「我還有超多優點的吧？像是個性很可愛啊，想法值得尊敬啦，還有很會替別人著想之類的——」

妳身上哪裡有讓人覺得妳「個性很可愛」或者「很會替別人著想」的地方？

簡單來說妳就是要我誇獎妳的內在，而不是外表囉？
「好好好，我想想啊——」
感覺我逐漸開始自暴自棄了。我直直望著桐乃說：
「我喜歡妳凡事盡力的部分。妳感興趣的領域很多，喜歡上任何一件事，都會投入全力去做，我覺得妳這部分真的很厲害。」
「什……」
出現反應的桐乃震動了一下，而我把手放到她頭上。
「——雖然有時也會因為這樣把事情搞砸。不過這還是算妳的優點吧。」
「什麼嘛……講……講得你很偉大的樣子……」
「我可是在感謝妳唷——說起來，全都是靠妳——」
「我的人生，才會多了這麼多開心的事。」

這是真心話。
和桐乃一起交到的新朋友、以及受到桐乃感化而改變的我本身。
還有，我們現在能像這樣待在這裡的關係。

我覺得這些都是桐乃為我帶來的。

「……是喔。」

桐乃冷冷地咕噥著。

「我知道了啦……你的手，快點拿開……」

低頭的桐乃說話時，比平常還要小聲……我想她現在一定在埋怨「這傢伙的演技太噁了吧……可是現在又不能對他發脾氣……」。

唉，算了。連我自己都覺得，這種丟臉的台詞平常絕對不可能會說出口。

正因為如此，趁這個機會當成演技說出來其實也不錯。

聽了我們的話，布莉姬興奮地「唔哇啊、唔哇啊」叫出聲音，還把拳頭揮來揮去鼓譟著。

「好棒喔～好好喔～好好喔～」

另一邊，冷眼看著我們的加奈子卻說：

「……可是…………我總覺得……你們這樣是不是不太像情侶啊？」

她一臉狐疑地嘀咕著。

用完餐後，我們便和加奈子她們分開，開始在街上漫無目的地閒晃著。

要說到為什麼會這樣……

「…………喂。」
「…………」快步走快步走快步走。
「…………喂，桐乃，我叫妳等一下。」
「…………」快步走快步走快步走。
一跟加奈子她們分開，桐乃就突然變得很不高興，走路的速度快得像是想把我甩掉一樣。
即使我急著追上去叫她，也沒有反應。
真受不了，有夠麻煩的……至少也把生氣的理由說清楚嘛。
雖然某種意義上來說，目前這種狀況就像在模擬「如果桐乃是我女朋友」一樣——不過正如我所料，當她的男朋友實在太累了，我根本沒辦法勝任。
「妳在鬧什麼脾氣啦？喂。」
桐乃停住了。忽然停步的她猛一轉頭，表情氣沖沖地仰望著我。
「怎……怎樣啦……搞不好還有人在監視，妳不會忘了吧？」
「嘖……」
咂舌以後，桐乃先把臉別過去一會，才又小小聲地嘀咕說：「……換下個地方。」
「啥？」
「下個地方要去哪裡？」

桐乃以惡劣的口氣這麼問道。

……我仍然不懂女人到底在想什麼。算了，總而言之——大概是在我察覺不到的地方發生了什麼討厭的事情，才會讓桐乃鬧脾氣，但即使如此她好像還是打算繼續跟我約會。

「啊，啊啊下個地方——下個地方嘛……」

如果是普通的約會，在看完電影、吃過飯之後，接下來應該就是逛街買東西了吧——去買衣服的話，時間會拖很久，而且桐乃八成會逼我買很貴的東西，我又沒什麼興趣……話雖如此，這時候也不能跑去逛成人遊戲商店。

結果我是這麼提議的：

「去遊樂場怎麼樣？」

我實在不知道遊樂場究竟適不適合當成約會時去的地方，可是我覺得這個選項還算不錯。

原本就不是演員的我們，從最初就不可能完美地扮演好一對情侶。

所以，我的想法是應該要挑不容易露出馬腳的約會行程。

你想嘛，在遊樂場玩電玩的話，就算跟女朋友沒什麼話講，也可以殺時間對吧？

「我知道了，就那裡吧。」

「是……是喔。」

因此，我們便朝遊樂場出發了。在路上，桐乃的話依然不多，而且她也沒有像剛碰面的時候那樣用演技挽住我的手。

宛如平時一樣——我們之間有著兄妹的距離感。

「怎麼啦？妳不……不勾著我的手了嗎……？」

我若無其事地問了一聲，結果桐乃狠狠地瞪了過來，然後又自己匆匆往前走掉了。搔著臉的我苦笑出來：

「……傷腦筋，和女生交往還真辛苦。」

我們到了遊樂場。走入自動門的瞬間，嘈雜的聲音便混成一團跑進了耳朵。

這間電玩中心有三層樓＋地下室，擺在一樓的是成排的抓娃娃機。

「妳常來遊樂場嗎？」

「……還滿常來的。我會跟沙織她們一起來——跟學校的朋友也會啊。」

「喔。」

這樣啊。畢竟一般的女生好像也喜歡拍大頭貼，或者玩抓娃娃機之類的吧。

既然如此，不知道躲在哪裡看的美咲小姐，應該也不會覺得不自然才對。

「那麼，我們就玩一下抓娃娃機吧。」

「為什麼我非得陪你相親相愛地玩抓娃娃機？」

「不是要裝得像情侶嗎？」

「……是沒有錯啦……」

看來她開始討厭繼續跟我裝成情侶了。

從剛才桐乃不高興的樣子來看，我想不會有錯。可是哪，桐乃——不好好地認真撐過這一關的話，事情會變得更麻煩吧？而且我也不希望再讓妳跑去國外——

「認真一點好嗎？」

「知……知道了啦……」

桐乃不情不願地答應了。

「等……等一下！」

傷腦筋。當我苦笑著正要接近抓娃娃機的時候——

「嗚哇！」

我的衣領被人從後面一把拉住了。

「這次又怎樣了？」

「我學校的朋友也在……！要是被看到的話……」

「啊——」

「那個」高坂桐乃有男朋友！要是八卦傳開來的話，事情肯定會鬧得很大。像是剛才對加奈子那樣，要一一去堵別人的嘴也會有困難。能不被遇到當然是最好。

「沒辦法，我們去別樓吧。」

我們放棄抓娃娃機，直接上了二樓。二樓是以格鬥遊戲為主的樓層。最近流行的連線對戰遊戲（麻將或卡片遊戲、問答類等等的機種）繞著牆壁排了一整圈，其他地方則擺了許多格鬥遊戲的對戰機台。

角落則有大頭貼的區域和兌幣機。

「……那個女社長還有跟來嗎？」

我一邊在二樓逛，一邊小聲問道。

「……嗯，大概還在。」

「在哪裡？我從剛才就稍微注意地在找，可是完全沒看到……」

「你……你喔，注意力太差了啦。喂，不要東張西望的啦，會穿幫耶！」

「……抱歉喔。沒辦法，那我們行動時還是要記著有人在監視。」

「嗯。」

桐乃微微點頭。換成平常的話，這傢伙應該馬上就跑去格鬥機台的區域玩妹殲了吧？不過我們現在裝的是一對情侶。暫且得專心強調「我們超恩愛的啦」、「我們並不是阿宅喔」。

我們兩眼無神地看著拍大頭貼的機器（居然是情侶專用的，驚訝吧？沒想到會有這麼讓人害羞的機器！）——

「…………有拍貼機，要拍嗎？」

「……就拍吧。」

我們鑽進了布簾裡頭。

唉，我嘆了一口氣。

我有一股很強的抗拒感。其實我是第一次拍大頭貼。沒想到初體驗居然是跟桐乃一起迎接的……這黑歷史實在太恐怖了。以後只要一回想起來，我一定每次都會渾身不對勁。

「呃，這個是要怎麼拍啊？」

「把錢投進那裡。」

桐乃說話的口氣有點像在生氣。好好好，這樣回答的我便照做了。

「然後要選邊框。」

「要挑哪——」

嗶。在我問完之前她就按了。

「什麼不選妳選心型！」

接下來，我準備要跟自己的妹妹拍心型邊框的大頭貼是吧？

假如這件事情曝光了，我有可能會身敗名裂吧？

「嘖……事到如今，要做就做得徹底一點啊……」

「桐……桐乃……？」

妳……妳……妳已經兩眼無神囉？這根本是自暴自棄吧？

用觸控筆在畫面上寫了兩個人的名字以後，桐乃故意發出超有精神的聲音。

「好啦！要……要拍囉！」

「喂！」

然後，她一把拉住我的手臂——

啪嚓！

「……………」

我和桐乃望著從取出口冒出來的大頭貼……兩個人都露出了一副難以形容的心酸表情。

和親妹妹跑來拍大頭貼。

而且還用情侶專用的心型邊框。

透過大頭貼這項實際的物體，我們客觀地認識了現實，事到如今也沒辦法把這份惡夢般的證據照片拿去丟掉，所以我們規規矩矩地對分了大頭貼，各自拿到手上。

「……走吧。」

「……嗯。」

我們擺著就像被吸收了所有生命力一樣的臉色，走到機器外面。

這時候黑貓跟我們碰上了。

「…………咦？」

目擊到我們從情侶專用的拍貼機走出來，黑貓整個人呆愣在原地。

這個哥德蘿莉造型的少女是黑貓。她是我和桐乃共同的朋友。

為什麼這傢伙會出現在這裡……雖然我是這樣想過，但也沒有什麼好奇怪的。遊樂場對她來說就像自家廚房一樣。

可惡，我受夠了。為什麼偏偏在今天一直遇到認識的人啊？

而且每次的時機都糟糕到極點！

總……總之要講點話才可以，當我這樣想的時候——

喀啷喀啷喀啷喀啷！混亂過頭的黑貓，讓百圓硬幣嘩啦嘩啦地從手掌裡掉出來了。看來她似乎才剛換完錢回來。

「喂，零錢！妳零錢掉了！」

「？　？？？　？？？？？」

京介♥
桐乃☆

就算桐乃開口叫她，黑貓的反應也只有冒出滿頭問號而已。她臉上全是冷汗，用袖子擦了擦眼睛以後，她又看著我們連續眨起眼。

「情……情侶專用的拍貼機器……你……你們在做什麼啊……？」

先把零錢撿起來啦。妳真的被嚇到了是吧！

「喂……喂，桐乃。」

「嗯……嗯。」

我們幫腦筋還在混亂中的黑貓撿起掉得滿地的百圓硬幣。

「拿去吧。」

把零錢交給黑貓以後——

「……謝……謝謝。」

她一臉茫然地收下了。

然後黑貓依序把目光看向我、桐乃、還有高坂家兄妹的甜蜜大頭貼合照……

「……你……你們什麼時候……有這種關……」

「慢著，等一下！妳不要露出那種『我實在不敢領教』的臉啦！妳現在產生了很嚴重的誤解喔！」

當我想辦法要解釋的時候——

咯！桐乃的手肘頂到了我的側腹。

「你想幹嘛啦？還有人在看！」

「可……可是！」

「既然是這傢伙的話，之後再解釋就好了吧！」

「但……但是……」

我跟桐乃緊緊地貼在一起爭論，結果似乎又加深了黑貓的誤解。

臉頰紅了一整片的她說道：

「那個……再怎麼說……你們也不用在這種公共場所……現給別人看吧……」

咕啊——！妳少跟我支支吾吾的啦！

想清楚一點啦，黑貓！我跟桐乃——根本就不可能吧——想也知道嘛！

雖然我很想抓住她的肩膀，然後一邊把她整個人抓起來晃一邊解釋，但是以狀況而言這是不可能的。

「唔～」

我只能用一臉快要哭出來的眼神注視著黑貓，對她發出不可能會有效的心電感應。問題大條了……！喂，桐乃！要怎麼辦啊！我焦急地看向妹妹——

「噗呼呼。」

她卻在奸笑。被人懷疑我們之間關係的羞恥心，已經被讓黑貓嚇一大跳的趣味覆蓋過去了——應該是這麼回事吧？

妳就那麼喜歡欺負黑貓嗎？

完全掌握不了狀況的黑貓，在囁嚅時語氣根本掩飾不了心裡的動搖。

「……這……這是怎麼回事……？」

「咦～就算妳問本姑娘這是怎麼回事～」

聲音顯得很故意的桐乃仰望著我，壞心地笑了：

「喏～京介，我們是什麼關係呢？你講講看嘛，告訴她啊。」

妳不要把話說得好像我們已經打破了禁忌！在這種沒辦法訂正的情況下妳還這樣問！

我看妳是之前被黑貓用類似的方式耍過一次，才會記恨到現在吧！

「好……好了啦，這種事情，不用現在提嘛。」

我含糊地把話題帶過。總不能直接跟黑貓說「我們正在交往」吧？

桐乃微微嘖了一聲，然後她又用那種噁心的語調對黑貓說話了：

「那麼，我們兩個現在還在約會啦！先走囉？」

「……啊，咦？咦……咦咦……」

黑貓依舊是一副靈魂已經有一半跑到冥河彼岸的臉。

她全身都微微在顫抖。

看到她這樣，桐乃一臉滿意地點了點頭，還眼明手快地勾住我的手臂，仰望我的臉。

「好啦，走吧『京介』♡」

「嗚嘔……」

太噁心了啦啊啊啊啊！

抱歉，桐乃。妳昨天那種態度是對的。

兄妹間用情侶的聲音講話，當然會全身起雞皮疙瘩嘛！

痛！

「嗚咕……！」

這傢伙捏了我讓她勾著的手。

是怎樣？所有當男朋友的，都是被自己女朋友這樣對待的嗎？

「總……總之我們先從這裡撤退……」

我拉著桐乃快步下了樓梯。

我和一天限定的女朋友——桐乃手挽著手一邊走著，一邊思考著：

所謂的「女朋友」真的很麻煩。

光是待在一起就夠累的，而且又不知道她在想什麼——

可是，又不能放著她不管。

「…………………………」

怎麼搞的啊？

這樣不是跟平時一樣嗎？

「……京……京介。你在笑什麼？」

面對一臉不可思議地發問的妹妹，我抱著想講一句帥氣台詞的想法，露出了微笑：

「呃，沒事啦……我是在想──『妹妹』和『女朋友』也沒什麼差別嘛。」

「──啥？」

咦？

……奇怪？剛剛……我講錯什麼話了嗎？

咚。桐乃用力推開我，也放掉了勾著的手──

「超噁的……你是玩太多妹系成人遊戲了吧？」

她用看垃圾般的眼神瞪了我一眼，然後直接走出遊樂場。

自動門在我眼前關上。

「…………………」

桐乃冷淡無比的眼神和口氣，簡直就像一年前還在跟我冷戰時的她。令人懷念的火大感充滿了我的胸口。

傍晚。回到家之後的兩人，在晚飯前的這段時間裡都在客廳打發時間。

在我眼前，桐乃正坐在沙發上。

「……好的，好的。嗯，是的——好。」

她恐怕是在跟美咲小姐講電話。

「好的，那麼我先掛斷了。」

桐乃「嗶」的一聲切掉電話，口氣輕鬆地這麼嘟囔：

「去歐洲的事情取消了。美咲小姐說——不再強求要挖角我這件事了。」

她連看都沒看我。我還以為唬完黑貓，她心情就變好了——但我剛才說錯話以後，她好像又變得不高興了。

「那麼……事情算是解決了嗎？」

「嗯，美咲小姐她…………」

桐乃瞥了我一眼說：

「要你好好珍惜可愛的女朋友。」

「這樣啊。我總覺得，事情好像有點太過簡單了。」

我有氣無力地回答道。

根據我捲進跟桐乃有關的騷動所累積下來的經驗法則，接下來應該會有更嚴重的問題出現——通常大概都是這樣才對。我也知道我們扮成情侶的演技並沒有多高明，而且明明最後在遊樂場簡直像是在吵架一樣……這樣還能成功騙倒人，感覺事情好像有點太過順利了。當然我自己一次都沒有看見據說在監視我們的美咲小姐，大概也是造成這種空虛感的原因吧。

「你不滿意啊？意思是我去國外比較好嗎？」

桐乃狠狠瞪了過來。我將視線直直地朝著妹妹，吐露出真心話：

「我沒那樣講吧？既然事情解決的話，那就太好了。我也放心啦。」

「……是……是喔。那就好。」

她又把臉轉過去了。

在這之後，桐乃又開始在嘴巴裡唸唸有詞——

「不過，我說你啊，關於今天的約會我可以講幾句話嗎？」

她突然擺起架子，用了自以為是的語氣開口。

「……怎樣啦？」

「雖然這次算順利混過去了～但你是在搞什麼嘛？一點用都沒有。簡直爛透了。」

「啊啊？」

依然坐著的我發出了不高興的聲音。

「對特地幫妳一個忙的哥哥，講這什麼話啊？」

「你還不懂嗎？想想看你自己做過什麼好事吧。一有機會就只會對妹妹性騷擾，要你帶我去你喜歡的地方，還出植物園這種爛主意……等到被嫌的時候，你又直接把成人遊戲裡的選項搬出來當台詞，打算靠那樣撐過去——真的是糟糕到極點。」

碎碎唸碎碎唸碎碎唸……桐乃開始把今天約會中不滿意的項目一一列舉出來。

所以說當了這傢伙的男朋友，每次約會完就是要被這樣數落。

真是辛苦呢！我啊，開始覺得煩起來了耶！

「你就不能讓女朋友開心一點嗎？」

「等一下……妳不是玩得很開心嗎？」

看完電影時，妳不是興奮成那樣？

「你別搞錯了。那是因為電影很有趣，可不是跟你約會很開心。Little Sisters是一部意外的佳作，這部分並不算你的功勞吧？」

「那部片不是我挑的嗎？」

「就算是這樣，你後來的反應也很糟糕。看完好電影以後，我興奮得非常非常想聊電影的事情，結果你都沒有讓我痛痛快快地把話講完對吧？你還用好可怕的語氣說『妳真的很吵耶』

對吧？那讓我覺得超受傷的就是了。」

騙誰啊妳！

「那還不是因為明明可能有人在監視，妳卻露出阿宅的本性一直講個沒完。我才會想說如果不阻止的話後果就危險了。」

「你可以講得更溫柔一點吧！」

「我又不是妳的奴隸！像這種事情妳不要跟自己的哥哥抱怨，去跟妳男朋友講啦！懂嗎？」

「什……」

我的台詞讓桐乃抽搐了一下。她睜大眼睛，肩膀氣得不停發抖。

「你今天……不就是我的男朋友嗎？」

「我只是『裝成』男朋友而已吧？真受不了……特地幫妳這個忙，我也是百般不願耶。這樣還要被妳嫌東嫌西的話，我也不想幹了啦。」

鬧脾氣的我轉過頭，開口吐出了心裡的煩躁：

「以後不要再找我扮妳的男朋友，我受夠了。」

啪！桐乃把「某個東西」砸到了我臉上。

「好痛……妳做什——」

「白痴！」

喀噹，桐乃用力站起身，踏著粗魯的腳步走到了客廳門口。

「果然我不應該拜託你這種人的……」

她一邊囁嚅出埋怨的話語，一邊握住門把。

然後，桐乃用十分清澈的目光與聲音說——

「夠了，以後我會去拜託真正的男朋友。」

丟下這句話之後她就離開了。

「…………真正的男朋友？」

留在我手上的，是妹妹甩過來的大頭貼合照。

第二章

也許這種突然的發展會嚇到許多人，但我現在居然在綾瀨家裡。

新垣綾瀨。這位黑髮美少女是我妹妹的好朋友兼同學，同時也是雜誌的專屬模特兒。

她認為我是「最愛近親相姦的死宅男哥哥」——可是不知道為什麼，她最近卻開始找我商量桐乃的事情。

我和綾瀨的關係就是這樣，有點不可思議。

暑假開始後過了幾天，綾瀨在這天打了電話給我：

「——你今天有空嗎？」

雖然我黏在書桌前，已經進入準備學測的最後大關——

「有空有空！超有空！」

馬上回答的我連口水都快噴出來了。即使因為這樣而落榜，我也沒有任何遺憾。算了，反正就算我當下拒絕對方，到最後其實還是會在意得根本沒心情唸書，所以都一樣啦。這樣講雖然會變成我在自誇，不過我已經進入安全上榜的範圍了嘛。

別看我這樣，我還是有效法桐乃和黑貓稍微努力過的。

哎，雖然在你們面前我的確是一下子玩成人遊戲、一下子又到秋葉原買成人商品、一下子還看到小學生的裸體，盡是做這種事就是了。不過我在看不到的地方還是有乖乖下工夫用功的唷。

「……這……這樣啊……你也不用這麼大聲強調吧……？」

綾瀨說話的美麗聲音，就像在搔弄著我的耳朵。

「那個……我……有一件很重要很重要的事想要跟大哥說。雖然這樣會麻煩你跑一趟，待會能不能請你來我家呢？」

「去……去妳家？妳說我嗎？」

怎……怎麼會……這是在作夢嗎？綾瀨居然……希望我去她家。

不……不對，先等等，我要冷靜下來……！這是她設的陷阱。

要穿什麼衣服去呢♪儘管我一瞬間曾經像這樣樂得不得了，但是我立刻就收斂住了。我差不多也該學乖了啦！都已經被這個神▲病女人拐過好幾次了，每次都慘兮兮的！可是綾瀨仍然用甜甜細語溶解著我的防備。

「是的……我希望請你到我家……不方便嗎？」

「沒有，沒有不方便……完全不會……」

明明知道是陷阱……！可惡……受到這個可愛的天使「拜託」，世界上有男人能拒絕嗎？

就算綾瀨的本性是一個偏激又危險的女生，被她像這樣懇求，你想我又能怎麼辦？

「我知道了，我現在就過去。」

「真的嗎？真是謝謝你，大哥！」

女人太狡猾啦。

「沒關係啦。我也有事想找妳商量，雖然並不算很重要。」

再說……事情搞不好沒有我想的那麼糟糕啊！

就因為這樣，我跟綾瀨要了住址——然後就來到了新垣家。

從高坂家的位置來看，綾瀨的家是在車站另一邊。雖然綾瀨常常和桐乃一起回家，不過在知道她家住址以後，我發現她回家的路線好像很明顯是在繞遠路……

因為她想和桐乃一起上下學——應該是這樣吧？那傢伙也真賣力。

新垣家是一間附有漂亮庭院的獨棟平房。雖然沒有像之前去沙織家途中看到的豪宅那麼誇張，但還是能窺見住戶良好的品味。

「唔。」

我仰望著新垣家，心生害怕地吞了一口口水。

明明只是一棟普通的建築物，想到是綾瀨的家就覺得很有壓迫感……

簡直就像惡鬼羅剎棲息的魔窟那樣的壓迫感。

我伸出發抖的指頭，按下了電鈴。

「啊，大哥。謝謝你特地過來！我等你好久了！」

於是穿便服的綾瀨就出來應門了，我不小心也冒出了「唔嘿嘿，這樣感覺不是很像跑來女朋友家玩嗎？」的想法。今天綾瀨穿的是給人文靜印象的洋裝。她和我妹一樣，穿什麼都好看。

「那麼……呃……就帶你到我房間囉。」

「啊，嗯嗯。打擾了。」

而且她滿歡迎我的耶。這……這傢伙是怎麼啦？難道說，我一點一點通過綾瀨事件後累積的好感度終於有了成果？咦？不會吧？這樣的話——

她說有「很重要很重要的事」要講，該不會真的是要跟我告白吧？

唔喲～～～～～～～！感覺好讓人期待啊！

雖然我心情簡直ＨＩＧＨ得不得了，但是才一腳踏進玄關，我就看見一雙不可能是綾瀨穿的成熟高跟鞋，心臟差點蹦了出來。

「……綾瀨……妳家人也在嗎？」

「嗯？是啊，我媽媽也在啦……」

「這……這樣啊。妳媽媽也在……喔。」

綾瀨她媽媽不就是那個擔任家長會長的……

唔哇～鐵定很恐怖。

畢竟那就像綾瀨的加強版吧？

根本已經是魔王了嘛。

「我是不是跟她打個招呼比較好？」

「我想她正在辦公室工作就是了……要我去叫她嗎？」

「啊！不用啦！打擾她工作也不好，不用了！」

我高速搖著手拒絕。

「這樣嗎？那麼，這邊請。」

我猛點頭。我就像來到新環境的貓一樣，走路時放輕了腳步，乖乖地聽從著屋主的指示。

爬上樓梯後，綾瀨在第一個房間前面停了下來。

「這裡……就是我的房間。請進。」

「嗯……嗯。」

在綾瀨帶領下，我踏進了她的房間。

……嘿，這就是綾瀨的房間啊。和某人都是化妝品味道又香過頭的房間完全不一樣，我不禁聞起那清純的肥皂味。

房間裡面整理得井井有條，打掃得很乾淨。家具配色是以藍色系為主，感覺清清爽爽。床鋪上則擺著熊寶寶玩偶一類的。

枕頭旁邊有幾個相框。就我瞄到的來看，似乎都是綾瀨和家人或者朋友拍的照片（綾瀨她媽媽超正的）。在其中一個相框裡，可以看到照片上的綾瀨正和桐乃靠在一起笑著。

「……那……那個……請你不要一直盯著看啦……感覺很不好意思。」

「咦？啊，抱歉。」

我咕嚕一聲吞了口口水。今天的綾瀨完全不像平常那麼嗆，總覺得亂可愛一把的。

「那麼──嗯，該怎麼開口呢……妳找我有事對吧？」

「是的。」

綾瀨點點頭。她有點支支吾吾地開了口：

「大哥，可以請你將兩手……像這樣伸出來嗎？」

「？……像這樣？」

喀鏘。

「咦？」

往手腕一看，才發現我被她套上了金屬製的手銬。

「啥？」

我喊了出來。凝視了被套上手銬的手腕以後，我又抬頭望向綾瀨。

「喂，這是啥啊？」

「這是手銬。」

我不是問這個！看也知道好不好！

目擊了我狼狽的樣子，綾瀨害羞似地紅著臉說：

「誰叫房間裡只有我和大哥兩個人嘛——這樣不是很噁心嗎？」

「妳的表情和台詞根本搭不起來啦！」

「說得更清楚一點，不這樣做的話，我也受不了跟你在房間裡獨處啊。」

「唔……」

怎麼會這樣？

怎麼會這樣……？都是因為她那麼可愛地跟我說「有很重要很重要的事」要談……可惡啊啊啊啊啊啊啊啊啊啊啊！果然是陷阱嘛！

激動起來的我，開始「喀嚓喀嚓」地晃起手銬。

「綾瀨！妳居然……居然敢玩弄我的少女心！」

「什……」

綾瀨瞪大了雙眼，臉也完全紅了起來。

「玩弄……你……你在講什麼啊？」
「我還以為妳是要跟我告白耶，結果萬分期待地跑過來以後卻是這種下場。」
「才……才沒有！誰要跟你告白啊！」
「被妳用那麼可愛的聲音約出來，任何人都會有所期待吧？」
「我只有用很普通的方式講話而已！」
上了別人手銬還惱羞成怒？現在是要怎樣啦……？
我生氣地瞪著綾瀨，可是她卻說：
「你那是什麼反抗的眼神，小心我大聲叫媽媽過來唷。」
「那對我來說確實是相當大的危機，但妳媽媽跑來女兒房間以後，妳又要怎麼說明這個？」
喀嚓喀嚓，我搖響手銬。
綾瀨的瞳孔失去了光彩，她瞥了一眼我的手腕說：
「我會告訴她，有個變態跟蹤狂闖進了房間裡，還威脅我說『請妳幫我套上手銬』。」
「我未免也太變態了吧？」
假設我真的有那種性癖好——不對，就算真的有這種變態好了，他不是在滿足自己願望的瞬間就被逮住了嗎？

妳這女人真是會造孽啊。

我無力地搖了搖頭。

「算了。關於妳對待我的方式，我就不再計較了。所以妳能不能快點把事情講一講？」

然後火速給我解開手銬。

「說的也是呢——」

綾瀨的眼睛瞇得更細了，表情十分清醒的她對我提出正題：

「…………大哥，這個是怎麼一回事呢？」

「什……？」

一看到綾瀨拿出來的東西，我便強烈動搖了。

那居然是我之前和桐乃一起拍的甜蜜大頭貼。

其中一張照片被剪了下來，目前正在綾瀨的手指上。

「為什麼妳會有這個？」

「我是怎麼把東西弄到手的——這種事情，在這個關頭根本不重要。」

雖然妳是想跟我呼攏過去啦，但這應該很重要吧？

和我一起拍的大頭貼，桐乃絕對不會交給其他人，特別是妳！還有桐乃手上跟我對分的那半張大頭貼，之前已經丟給我了吧？

所以桐乃應該已經沒有這份大頭貼了。

然後呢——交到我手上的大頭貼，我也已經夾在成人書刊裡面，藏到老媽沒辦法找到的新地方了，所以東西也不可能從我這裡外流。

咦？這樣太奇怪了吧？那綾瀨這傢伙到底是怎麼把大頭貼弄到手的？

好可怕！整個狀況已經靈異得讓我很難開口追究了。而且現在也不是講這些的時候。

我悄悄地從大頭貼上面別開視線，目光和綾瀨那消失光彩的瞳孔對上了。

「請問……為什麼大哥你會和桐乃一起用心型框拍大頭貼呢？而且手跟手還像這樣緊緊勾著，看起來非常要好耶……我有給你忠告吧？如果你敢染指桐乃，下場就是——」

「…………呃……那個……這是有原因的啦！」

可惡……事情嚴重啦。非常嚴重。

這傢伙對桐乃的感情和執著程度可以說非比尋常。之前她也宣布過：「如果你敢染指桐乃，我就會幹掉你唷。」

「……呼～……呼～……」

我再度用戰慄的表情注視著綾瀨亮出來的大頭貼。

不管用多寬容的眼光來看，那上面的我跟桐乃，都像是平常就會火熱地親嘴亂搞的笨蛋情侶。

而眼前的綾瀨瞳孔中已經看得到「殺」這個字了。

而我現在被手銬束縛著——沒辦法抵抗。

「慢著……求求妳別幹掉我……」

節節後退的我半認真地拜託對方。

沒想到居然會在現實世界裡說出這種台詞。

而且一直到剛才我都在期待「說不定會被告白耶？」看來我樂天的程度也可以入選名人堂了。

瞄。我用引人同情的眼光仰望了綾瀨大人的尊容，結果——

「……你……你害怕成這樣，實在讓人很受傷耶。」

感覺她的表情滿緊繃的。

「我只不過……是用普通的方式，在問你這張大頭貼是怎麼回事嘛……你會不會太過分了啊？」

綾瀨嘟起嘴唇，露出了鬧脾氣般的臉。

一瞬間我差點卸下心防，但是不可以被她騙了。

如果是這樣那就沒必要將我銬上才對啊。

不過算啦，現在還是老實回答她比較好。這也是為了我自己的安全著想。

「好，讓我來說明吧。綾瀨，其實這裡面有很深～的理由。」

「……我覺得之前好像也聽大哥講過這樣的台詞。」

有嗎？我確實每次和綾瀨見面都在講藉口沒錯啦。

於是呢，我便跟綾瀨說明了拍那張大頭貼的來龍去脈。事情就是美咲小姐想找桐乃去當專屬模特兒，為了順利拒絕她，我才會裝成桐乃的男朋友。

我跟桐乃知道美咲小姐會來監視我們約會，就裝成男女朋友一起出門了，等我說完這些經過之後，綾瀨姑且點了點頭。

「你是說，那一天你們兩個約會時，藤真社長就跟蹤在後面，從頭到尾一直在監視？」

「是啊。」

「……原來是這樣啊……不過……」

綾瀨將指頭擺到往上噘的嘴唇上，露出在思考的模樣。

「我總覺得，這件事聽起來好奇怪。」

「我……我又沒騙妳。」

「沒有啦，我不是認為大哥你騙我——畢竟我也知道藤真社長想挖角桐乃這件事。」

「啊，是這樣喔。」

「當然囉。在這邊的話，我是一定要保護好桐乃的。好不容易她才回國，我絕對不要再跟她分開了……所以我也用了不少手段。」

……原來如此。美咲小姐會那麼乾脆地收手，說不定也是因為綾瀨在背後動了許多手腳的關係。

雖然我不想問她動了哪些手腳，因為那實在太恐怖了。

好啦，既然我對那些奇怪的事情也沒興趣，總之呢——

「——誤會解開了吧？不過我還是再說一次，大頭貼這件事都是演出來的，並不是妳想像的那種猥褻狀況啦。」

額頭上依然沾著冷汗，我露出微笑。綾瀨也不甘願地點點頭。

「嗯……」

「這樣嗎？太好了……那妳差不多可以解開手銬了吧？保持這樣的話，我也不能放鬆跟妳講話嘛。」

「……請你不要亂來喔，我是說真的。」

「我知道啦。」

雖然這是沒辦法的事，但我還真是一點都不受信任。像黑貓那樣毫無防備也很傷腦筋，不過被警戒成這樣也滿傷人的。可是照這樣看來，表示說綾瀨有把我當成男性囉？一想到這裡，我又有點心跳加速了。

「……那個，在我為了解開手銬而碰到你的瞬間，被你這樣笑瞇瞇地看著很噁心耶。」

「我並不是因為妳碰到我才笑瞇瞇的唷。妳和我獨處會覺得害羞，是因為這一點我才笑瞇瞇的。」

「不管哪一種原因我都覺得很噁心。還有，我又不是在害羞……」

「是嗎？其實妳是害羞過頭，才會出現銬別人手銬這種奇怪的舉動吧？」

「媽……媽媽——！我房間有變態！」

「喂喂喂喂喂喂！不要真的叫啦！」

啪噠啪噠啪噠。

我嚇得人仰馬翻，急著想找地方躲。綾瀨嘻嘻笑出聲音說：

「——騙你的啦，開玩笑而已。呵呵，你嚇到了吧？我又沒有那麼狠——呀啊啊啊啊！請你不要手銬一解開就鑽進我的床裡面！我幹掉你喔！」

「好痛！妳的手銬！不要用手銬套著拳頭揍人啦！」

「還不是因為你做出這種遊走在犯罪邊緣的行為！」

「妳還說我！長著一副可愛的臉，打人時卻像個逃獄的犯人！我看妳是越揍越順手了吧！」

用名副其實的鐵拳痛扁我以後，綾瀨調整好呼吸，靜靜對我伸出了一隻手。簡直像是要來個和好的握手那樣。

「大……大哥。請把手給我。」

「喔……喔。」

我也沒有多懷疑，伸出了右手。

喀鏘，手銬又套上來了。

「妳為什麼又要銬我！」

綾瀨俐落地把另一邊的鐵環套在床架上，把我徹底固定好以後，她開朗地笑著這麼說：

「沒有啦，我是想要端茶給大哥。」

「抱歉，我聽不懂妳的意思。」

「……因為我去倒茶的時候，要是放大哥一個人在我房間的話——你絕對會去翻櫃子對吧？還……還會把……內褲戴到頭上對吧？」

「我……我是有對妳做過什麼啊……？無論如何，我也沒道理被講成這樣吧……」

「你……你有啊！你擁有一堆把妹妹當對象的猥褻遊戲跟書籍，還在我面前抱著親妹妹吼說『我最喜歡妹妹啦』，還曾經想讓我做很色的cosplay……諸如此類的罪狀要數的話根本沒完沒了。」

「哎呀～我剛好口渴了。那就感謝妳倒個茶過來囉。」

等綾瀨回來，我又請她解開了手銬。

進到這個家之後，我首度鬆了一口氣下來。

真的是緊張夠久的了。簡直就像待在有滿坑滿谷魔物的迷宮裡一樣，我的感性會把這個家比喻成魔窟，或許也不算太離譜。

接下來呢。

盤腿坐到坐墊上的我喝下一口茶，然後拋出話題：

「我之前也講過吧，我有事情想找妳商量……嗯，雖然這一點都不重要啦……妳就當成順便聊到，聽我講一下好嗎？」

綾瀨規矩地坐在我面前，她皺起了整齊的眉毛，露出警戒的神情。

「……你又想問那種性騷擾的問題對不對？」

「什麼叫『又想問』啊？妳很不信任我耶。真是的……我之前有對妳性騷擾過嗎？」

「最近每次見面時都有！」

「是這樣嗎？」

「你沒自覺嗎？像……像上次見面的時候……你你你……你居然……說了跟——『跟我結

婚吧』……不是嗎？」
綾瀨緊緊握住放在腿上的拳頭，狠狠地瞪著我。
「那是……」
我一臉正經地望向綾瀨的眼睛——
「那根本……才不算性騷擾。我是充滿著愛意在向妳求婚。」
「對不起，我在生理上無法忍受。」
什麼？
「妳用了很誇張的台詞把我甩掉耶！要……要是我跑去自殺妳怎麼辦啊？」
「大哥，你想找我商量的是什麼事？」
「不要在這個時間點把話題轉回去啦！」
至少打個圓場吧！一句話就好，幫忙打個圓場啦……！
不知道是不是被我滿眼血絲瞪人的氣勢壓迫到的關係，綾瀨用力嘟了嘴唇說：
「呃，第一次見面的時候……我是覺得……你人好像還不錯啦。」
「咦？是這樣嗎？」
我第一次聽說耶！
「呀啊！你……你的臉！靠太近了啦！」

綾瀨用手掌將我的臉一把推了回來。

「現……現在我很討厭你喔！不過——一開始我是想，這個感覺很溫柔的大哥人真好……也滿希望能跟你變得要好的……現……現在覺得很討厭就是了！」

「這樣啊……」

雖然很高興，但就某種意義來說，我實在不想聽到這些話。連我都感覺到自己正在失去血色。

按著太陽穴的我絕望了。

「我……我我我……我這個傢伙……怎麼會犯下這種錯誤！我怎麼會讓自己留下這麼大的遺憾啊……！假如去年夏天，我沒有去comike的話——綾瀨現在說不定早就變成我的女朋友了……！」

「我沒有說得那麼誇張！請你不要做那種根本不可能的妄想！應……應該說你內心的聲音都洩漏出來了啦！」

「唉唷……真的讓人很難過……」

「唔哇，而且你還真的消沉起來了……」

綾瀨用覺得誇張的眼神望著我，然後無力地發出了嘆息：

「我先說清楚喔，大哥你對我做的事情，全部都有傳進麻奈實——姊姊的耳朵裡喔。」

「我知道。我常常被她唸……」

不過呢，反正那傢伙說教時一點都不可怕嘛。

哼，很遺憾，妳那句台詞對我發揮不了多少抑制力啦。

「順帶一提，最初我會知道大哥跟桐乃在外面約會，就是由姊姊提供的情報。」

「最近那傢伙真的很愛多管閒事耶！」

早知道就先跟她講個藉口了。

哎，搞不好也是因為有麻奈實婉轉地把事情告訴綾瀨，我才能活命到現在就是了。如果當時遇到的不是麻奈實，而是綾瀨的話——事情很可能會一發不可收拾。

「總而言之——以現狀來說，要我當大哥的女朋友……是根本不可能的。」

「是喔。」

唉，我嘆了氣。算啦，雖然說，我是覺得很可惜啦——但其實我也無法想像自己跟綾瀨變成男女朋友的樣子。再說不管怎麼想我都不配。

「那麼，把話題轉回來吧。」

「……好的。」

「桐乃她有男朋友嗎？」

「咦？」

面對我這個乾脆的問題，綾瀨顯得相當關注。

「你……你問問問……問這個是什麼意思？不可能會有吧！」

「嗚哇！」

她居然揪住了我的領子。

「不可能會有吧！桐乃怎麼會交男朋友——不可能會有吧！你這樣子耍我——到底是有什麼企圖？」

「這……這樣我很難受……」

等我拚命拍起地板，綾瀨才回神過來放了手。

「咳！咳咳……！呼……呼……！」

我按著喉嚨咳了出來。同時也伸出一隻手，對綾瀨做出「妳先冷靜下來」的手勢。

於是一陣毫無同情心的聲音，拋到了正難受的我頭上。

「……所以，這是怎麼一回事？」

「沒……沒有啦，其實是因為——」

偽裝約會結束之後，我和桐乃起了口角——

「夠了，以後我會去拜託真正的男朋友。」

我對綾瀨招出了自己被這樣說的經過。

「……妳覺得怎樣？」
「在當時那種狀況下，我想應該是不小心冒出口的氣話吧。」
一臉認真的綾瀨立刻回答。我又用稍微開朗的口氣問：
「果然是假的吧？」
「當然啊！至少我就沒聽說桐乃交了男朋友……我一句都沒有聽她提過。」
「是嗎？妳是她的好朋友都這樣講了，我暫時就可以安——」
咳。
「所以說會提到男朋友那些的，應該是桐乃在騙人吧？」
什麼嘛。那傢伙竟然笨得講出這種充場面的話。她是白痴嗎？
心情像是從重擔底下獲得了解放，我「嘿嘿」地笑了出來。
然而就在這時候，綾瀨像是不情願地抬高了下唇，嘀咕說：「不過……」
「咦？」
「桐乃確實在學校裡面、學校外面，都很受男生歡迎……而且在那些人當中……也有人會來追求她……」
「有喔？」
「嗯，有好幾個。」

這樣啊……也對啦，這樣一想也是理所當然的吧？因為只看外表的話——她是那麼可愛嘛。而且講到性格，她在學校好像也會裝乖。

說她非常受男生歡迎，我是可以接受的。

嘖，總覺得很煩躁——

聽到妹妹被別人誇獎好厲害好厲害，我就會火大，一直到現在還是這樣。

除此之外就沒有別的原因了。

「可是，似乎要大桐乃三歲才合她的喜好耶。她是說同年紀的男生不管怎麼看，都只像小鬼而已。」

她本人在聖誕節的時候這樣說過。

「大三歲，是嗎……？」

「怎樣啦。」

「沒事，沒什麼。」

綾瀨若有深意地瞟了我一眼。

「算了，先不管這點。也有很多年紀大的男性來追求桐乃唷。而且其中也有外表非常帥的人，像是模特兒或設計師之類。」

「是……是喔～」

「現在的狀況是只要桐乃想交男朋友，她隨時都交得到。哎，就算這樣，目前在我看得到的地方……還沒有那種人出現就是了。」

語氣可以如此肯定，正是綾瀨大人讓人覺得恐怖的地方。

為什麼她可以篤定在自己看得到的地方，桐乃不會有男朋友？

心臟跟小雞一樣大的京介當然不敢問。無論如何，做為情報的來源，她是可以信賴的。

「不過，桐乃的交友關係…………也有我顧不到的部分。」

那種聲音就像硬擠出來的一樣。

說的也是……綾瀨確實是桐乃的好朋友，但我妹妹在背後還有不能讓綾瀨看見的「另外一張臉」。

「大哥，為了保險起見……關於桐乃的男朋友這件事，可以請你多調查一下嗎？」

「……我了解了。」

也只能點頭啦。

哎，沒辦法嘛。雖然自己妹妹有沒有交男朋友，我根本就完全不在意——但既然拜託我的不是其他人而是綾瀨的話，那就沒辦法了。

我就連「背後」都一起查清楚，來證明桐乃根本沒有男朋友吧。

隔天，明明還在放暑假，我一大早就穿了制服到學校。

我前往的地方是遊研的社團教室。即使學校放假，社團活動當然還是會繼續。

由於我之前有很長一段時間都是海鷗社，在放假時為了社團活動特地跑到學校——這對我來說其實是第一次。

「嘿……感覺有點期待呢。」

小學生的時候，我也曾經每天早上去做早操——和那種感覺是類似的。

天氣晴朗，一天的開始清爽又健康。

抱著舒坦的心情，我打開社團教室的門。

喀啦。

「大家好——」

一股悶了很~~~~~~~~~~~~久的空氣頓時散到門外。

「好熱……不對！好臭？」

我忍不住掉頭猛衝。兩眉之間用力擠出皺紋，我瞪向被打開的社團教室入口。沉澱了許久的空氣從入口流出，混濁程度幾乎可以看得出顏色，走廊的空氣正一陣一陣地被污染。

「怎麼搞的啊……？」

清爽的心情一瞬間就跑光光了。

我捏著鼻子靠近，便聽見：

「喔——這不是高坂嗎！」

社辦中傳出了氣勢十足地叫我的聲音。做好覺悟的我大步踏進社辦裡面，朝異味的產生來源搭話：

「今天是怎麼了，社長？這裡有一股吐過的味道耶。」

「……高坂，你著實刺痛了我的心。我有點受傷喔。」

聲音的主人依然坐在椅子上，不悅地垂下了肩膀。

帶著深度數眼鏡、一看就覺得像是消瘦型御宅族的他，名叫三浦絃之介。

他是我參加的遊戲研究會的社長。

「沒有啦，可是真的很臭耶。才剛來就這樣講也很抱歉，但我可以回去了嗎？」

「你講出來的台詞幾乎跟真壁一模一樣……你們不會是事前講好的吧？」

「並沒有啊。」

不過真壁是我盼望已久的吐槽同志，所以還是有互相影響到吧。他用的吐槽是冰屬性，專門對付社長。

「哎～最近很悶熱嘛，才兩、三天沒洗澡就這樣啦。」

社長咯咯咯地笑了，不知道他為什麼可以把沒洗澡的事講得這麼得意。讓人感覺超不爽的。

「請你不要太靠近我喔。」

明明冷氣要發揮效果會需要一點時間，他卻只顧著猛開電腦。裡頭比外面還熱耶。機器壞掉我也不想管了。

我一邊皺著臉，一邊找了個空座位。朝周圍看了一圈後，卻沒有其他社員的身影。

「其他人呢？」

「女生還沒來。男的一進社辦就跑出去買Febreze（註：除臭劑品牌）了。」

「幹嘛買Febreze……啊啊，要拿來噴社長的對吧？」

「是拿來噴房間！你不要自己做結論！就算是真壁，也沒有說要用除臭劑直接噴我！」

你最近的吐槽真的越來越犀利了耶——社長恨恨地如此嘀咕著。

他從桌上拿了毛巾，奮然站了起來。

「沒辦法，我去附近的水龍頭沖個涼。再這樣下去，瀨菜也會生氣。」

「好的，你慢走。」

嚇了我一跳，這個人的思考方式就像渾然天成的流浪漢。

這麼說來第一次見面的時候，我記得他好像還坐在馬路上玩成人遊戲。

等社長用無聊耍帥的姿勢背對我舉了單手離開後，剛好換女性成員來到社辦。

是赤城瀨菜和五更琉璃。她們兩個都是一年級，對我來說是學妹。

「早安——」

快活地打招呼的是瀨菜。

這個女生是我同學——赤城浩平的妹妹，戴著一副眼鏡、給人滿認真的印象，但其實她也有重度腐女的一面。而且胸部很大。

而五更則是我跟妹妹共同的朋友——也就是黑貓的另一個面貌。

瀏海修得相當整齊的黑髮，還有白瓷般滑嫩的肌膚，乍看之下會以為她缺乏表情沒有什麼情緒，不過……其實她有一顆溫暖體貼的心——她就是這麼可愛的女孩子。

雖然現在狀況變得有點曖昧，不過在暑假開始前，她親過我——

「嗨……嗨……早安啊。」

「……早安，學長。」

在那之後……我就非常在意這傢伙。

而且之前她還目擊了我和妹妹約會的場面，後來我也沒有說理由。

現場充滿著相當尷尬的沉默，而瀨菜將這沉默打破了。

「嗚嗯……」

她的臉扭曲得很誇張，還對我拋來了簡直像在看廚餘的視線。

「你是怎麼了啊，高坂學長？你身上有股嘔吐物的味道耶。」

「那不是我的味道啦！」

「咦～？好臭，我受不了了啦～」

好臭？我竟然被女高中生說好臭！

嗚啊，時間有夠不巧～造成異味的罪魁禍首一離開，她們剛好就出現了！

這樣的誤解真是失禮……！

「妳給我仔細聽好了，赤城……！這是社長一陣子沒洗澡的味道啦！」

「咦？為什麼高坂學長身上，會有社長的味道——啊！」

**「妳想錯了！」**

「呃……可是我什麼都還沒講。」

「不用講我也知道，你這腐女！不要把所有事情硬拗成猥褻的妄想！基本上，這些都是社長留在房間裡的味道！」

我口氣激動地告訴捂著嘴忍受異味的瀨菜。

「…………」

結果當我注意到的時候，黑貓已經來到旁邊了。
朝我的衣襬聞了一下以後，黑貓忽然露出微妙的表情。
「……我想，味道還是有稍微沾到你身上喔。」
「是……是嗎？」
「在空氣流通之前，我們先離開房間吧。」
哈啾！黑貓打了一個大大的噴嚏，唰地拉開了窗戶。

三十分鐘後——
「呼啊～味道總算從房間散掉了。」
在社辦正中間，瀨菜一邊拿掉口罩和三角巾，一邊伸起懶腰。後來真壁學弟和其他人都回來了，除了跑去沖涼的社長之外，大家一起打掃了社辦。在做事一板一眼的瀨菜帶頭指揮下，意外地變成了一場大費周章的打掃。
不過這也換來了社辦變得挺乾淨的回報。
「謝啦，瀨菜。不好意思哪，只有我一個人這麼輕鬆。」
剛沖完涼的社長一邊用毛巾擦著濕掉的頭髮，一邊笑著露出了虎牙。
「哎喲，社長你本身還是會臭啦。拜託你每天洗澡好不好？」

瀨菜捏著鼻子，咻咻咻地朝社長噴起Febreze。

這時候娃娃臉的男學生講了一句：

「他去洗澡的話身體會溶化啦，肯定會。」

他叫真壁楓，是遊戲研究會的二年級社員。同時也是擁有冰屬性吐槽技能的難得人才。有點受不了的社長說：

「噴，把我當細菌人喔——啫，瀨菜，妳也講一下真壁嘛。」

「真壁學長，以後我們就用廚餘來稱呼社長吧。」

「不錯耶。既然這樣，廚餘就要像廚餘一樣，拿個垃圾袋罩著好了。這樣子我想味道也比較不會那麼重。」

這些傢伙真夠狠的。再怎麼說，把社長當成垃圾對待也太可憐了吧——我才這樣想著，眼眶泛淚的社長就像僵屍一樣朝我靠了過來。

「高坂～學弟妹聯合起來欺負我啦。」

「請你不要過來。」

噓！噓！我揮手把人趕走。

「…………唉。」

靜靜看著我們互動的黑貓，像是無奈到極點般長長嘆了一口氣。

「差不多該進入正題了吧，不是要討論夏Comi的事情嗎？」

沒錯，就是這麼回事。這個暑假——我會參加睽違一年的comike。

而且這一次我並不是普通的參加者——而是以社團名義報名的！

「喔！」

原本還垂頭喪氣的社長，突然恢復精神應了聲。

「今年也順利抽中了呢——我們遊研在『第二天』以社團名義參加！」

我簡單地做個解說吧，所謂的comike是每年在東京有明舉辦的活動，為期三天。

在夏Comi的第二天，是以同人遊戲社團為主的聚集擺攤。如果真的是名氣大的社團，據說排隊的隊伍會壯觀得可以繞牆邊一大圈。當然像我們這種勢單力薄的社團，申請不到外圍或角落的好位置大概也是當然啦。

「順帶一提，我們要拿什麼參展？」

瀨菜口氣輕鬆地問了社長。

「我是打算將以往製作的遊戲燒成ＤＶＤ帶去。」

「呃……我們之前做的遊戲也包含在內嗎？」

面對學妹的疑問，社長挺起胸膛這樣做了回答：

「當然，那不是妳們第一次合力做出的紀念作嗎？怎麼可以不帶去？」

「我個人是想把這項作品當成黑歷史就是了……」

瀨菜很害怕地說道。之前我們用黑貓的草案所做出的ＲＰＧ「強欲迷宮」（內含輕淡的ＢＬ要素），儘管是無名社團推出的作品，在２ch的風評卻爛到讓人特地開串批評（裡頭也混了嘲弄的意見）。以得到的迴響來講，或許這樣也算是很了不起的成果——不過對瀨菜來說似乎已經留下了深刻的精神創傷。

所以要把「強欲迷宮」帶去夏Comi才會讓她感到猶豫吧。

「呼嗯。」

社長捏著鬍渣沉思起來。

出現了幾秒的沉默後，黑貓緩緩開了口。她囁囁嚅嚅地小聲說：

「……之前，我們兩個有互相提出『強欲迷宮』的改良方案對吧？在夏Comi開始前，我們可以先把反映了那些改良點的東西做好再帶過去，妳覺得怎麼樣？」

這兩個傢伙，在我不知道的時候還做了這種事啊？

聽了黑貓的意見，瀨菜依然意願不高。

「確實以作品來說，我想這樣多少會變得好一點……但我覺得批評的輿論還是不會改變喔。即使為kuso game做更新，一度被認定為kuso game的遊戲，得到的評價也不會翻盤。反而會給批評的那些傢伙新的批評材料——結果就是被他們講成『這些傢伙還沒學乖呀』。」

「應該是這樣沒錯。」

「那麼就把『強欲迷宮』當成黑歷史，就算趕不上夏Comi，開始著手製作更有趣的新作品還是比較有效率……我是這樣認為啦……」

這樣的意見還挺中肯的。任何人都不會想主動跑去給別人嫌東嫌西。與失敗品做切割，然後迅速邁出下一步——滿有建設性的不是嗎？

坐在椅子上的黑貓閉上了眼睛，她一直都在聽瀨菜的意見，然而在眼睛一睜開後，便直直地望向了瀨菜的雙瞳。

「可是……這畢竟是我們做出來的東西……因為不受歡迎……就要當作沒有過這回事，我做不到。也許改良並沒有效率，但是可以做的我還是希望全部做好。」

「五更，妳這個人真麻煩耶。我覺得妳這樣只像個自虐狂。」

「……因為，雖然說有趣的人不多……但還是有人支持啊……我不可能對那些人說，這遊戲是失敗的。即使只是虛張聲勢，我也有在他們面前表現得抬頭挺胸的責任。」

「而且還很頑固。」

「唉」地嘆了一聲的瀨菜垂下肩膀。畢竟她是個做事喜歡講究邏輯的傢伙，黑貓懷著的那種感傷，她或許沒辦法理解。

可是瀨菜接下來會說什麼——我已經知道了。

「拿妳沒辦法，那就拚拚看吧。」

聳肩的瀨菜露出微笑——聽了她的話，黑貓也點起頭。

「事情敲定囉。」

亮出虎牙的社長笑了。他依序看了我、黑貓、瀨菜說：

「那款遊戲啊，就像你們三個生出來的小孩一樣。要好好珍惜喔。」

「……說的也對。不過，我也沒幫到什麼忙就是了。」我這麼回答。

「是是是。」

瀨菜回得很輕鬆。

而黑貓——

「…………………………」

她默默將視線拋來了我這邊。

夏Comi第二天的方針敲定之後，我們一直作業到傍晚——這一天大家就這樣解散了。

天還亮著，看來太陽還要過一陣子才會下山。

瀨菜似乎有什麼事要忙，社團活動一結束就跑不見了……所以呢，我便久違地跟穿著制服的黑貓一起離開學校。

「…………………………」

「…………………………」

我們兩個都沒講話，只有規律的腳步聲響起。飄在我們之間的不是氣氛沉重的靜默，而是一種令人感到心癢難熬的沉默空氣。這種感覺，跟我和麻奈實在一起的時候不一樣，跟我和桐乃在一起的時候也不一樣——到底該怎麼形容呢？

「……那個，我說啊。」

我下定決心，主動開了口。黑貓看都不看我地說：

「……有什麼事嗎？你這個跟親妹妹打情罵俏，還讓她叫你『京介』的變態妹控。」

「…………」

果然她都記在心裡啊……誰叫黑貓嚇到的時候，桐乃要逗她逗得那麼過火。那樣當然會惹她生氣嘛……

「不是啦，妳誤會啦。那次是因為桐乃那傢伙……」

才講到這裡，我自己也對差點從我嘴巴冒出來的話感到動搖，整張臉頓時燙了起來。若無其事地側眼瞄向我這裡的黑貓，簡直就像被我的動搖傳染到一樣也慌了起來。

「你……你在臉紅什麼啊……可以跟妹妹約會，讓你這麼高興嗎？」

「笨……不是啦！沒——沒什麼……！」

剛才的對話……還挺像男朋友偷腥以後想對女朋友找藉口，感覺好像我們已經在交往了一樣耶。這種話我怎麼說得出來！

「咳！是因為桐乃那傢伙啦……」

靠咳嗽矇混過去的我，把之前跟綾瀨講的同一套說明，對黑貓也講了一遍。

「——就是這麼一回事。」

「這樣啊……你們是裝成在約會啊……原來如此。」

黑貓開始用斜眼盯著我全身上下。那種視線感覺挺不自在的。

「怎樣啦？」

「沒事……沒什麼啊。聽起來簡直就像你喜歡玩的那種妹系成人遊戲呢……我只是這樣想到而已。」

「竟然隨口就講出這種讓人聽不下去的話。我玩的成人遊戲之所以全部是妹系，都是被桐乃硬塞的啦。」

「哎呀，是這樣嗎？真意外……我一直以為那都是藉口，還想說你早就把那些當成自己的興趣了呢。」

嘻嘻嘻，把手湊到嘴邊的黑貓優雅地笑著。可惡……這傢伙只有在欺負我的時候，就算是兩個人獨處也不會緊張。

而話題又在這時候斷掉了。

我們再度默默地走在回家的路上。

我一邊望著傍晚明亮的天空，一邊緩緩走著。我甚至覺得照這種感覺的話，似乎不管過多久都到不了家。那樣其實也不錯。

「對了，我可以問一件事嗎？」

「……什麼事？」

有一句沒一句的會話斷斷續續地持續著。

這已經變成了我們聊天的方式，和桐乃不一樣，和麻奈實也不一樣。

我決定跟黑貓打聽「綾瀨拜託我調查的那件事」。

「妳覺得——桐乃會有男朋友嗎？」

雖然我已經講過了，但我才沒有在意喔。

黑貓用沒有戴著變色片的黑色瞳孔呆呆地盯著我說：

「除了你以外？」

「別跟我開玩笑啦——我講真的。」

由於前面有車子開了過來，我們停下腳步，靠到了路邊。

等車子經過之後，我才繼續聊下去：

「……沒什麼啦，是因為那傢伙……講了一些好像自己有男朋友的話……我才在想事情到底是怎樣……」

「……噗……呵呵。」

黑貓小小聲地笑了出來。

「——你真是個不得了的妹控呢。」

「並沒有好不好……所以呢，妳怎麼看？」

「誰知道有沒有呢？」

朝我注視而來的黑貓淡淡地嫣然一笑，

「…………」

我受不了這樣跟她四目相對，便轉過臉。於是黑貓悄悄抓住我的手腕……又踮起腳尖，將小小的嘴巴湊到了我耳朵旁邊。

「……我想是沒有。」

「這……這樣啊。就是嘛……」

這傢伙的語氣還真肯定耶。就我感覺到的口吻而言，黑貓的話聽起來，似乎比綾瀨還要確定「桐乃沒有男朋友」。

呼……算啦，總而言之，這樣我也跟桐乃「背地裡的朋友」做過確認了。

哈哈……好耶，有不錯的消息可以跟綾瀨報告了。

我的臉色自然而然舒緩開來了。就在這時候。

「……我問你喔。」

嘴巴還湊在我耳朵旁的黑貓，用了壞心眼的口氣問：

「假如你妹有了男朋友——你本來打算怎麼辦？」

她的氣息呼到了我的耳朵，感覺癢癢的。被她抓住的手腕，有一股奇妙的熱度。

「……………………誰知道要怎麼辦？」

我丟出這麼一句話後又反問：

「那妳會有什麼感覺？假如桐乃有男朋友的話。」

「假如那個女的有了戀人——嗎？真是耐人尋味的假設呢。」

從我身邊悄悄離開的黑貓低下頭，沉思了一會之後，才囁嚅似地小聲說道：

「如果那個女的有了戀人……我想她一定會完全沉迷其中。就像平常那樣。」

「八成也是。」

那傢伙總是那樣。和田徑、功課、模特兒工作、御宅族的興趣一樣，她八成也會沉迷其中，一心一意地專注於戀愛吧？

這些全部都很重要，擁有這一些才像是我——她肯定會這樣講。

「到時候，能夠一起玩的時間會比現在還少……沙織大概會寂寞吧。」

會寂寞的是妳吧？我很想這樣插嘴。

「可是……」

黑貓小聲地嘀咕：

「可是我……也許會覺得高興。」

和黑貓分開後，我回到家裡。一打開玄關的門，我發現桐乃的鞋子不在。

「……是跟朋友到哪去了嗎？」

啊——呃，該怎麼辦呢？我有事找那傢伙就是了……

我脫了鞋走向自己房間。一邊上樓，一邊拿出手機。

我打開房門——同時也叫出快捷撥號。

液晶螢幕上顯示了「桐乃」以及妹妹的電話號碼。

她在美國時打不通的——電話號碼。

但換成現在，只要按下這個按鍵，就能跟妹妹講到話。

搞不清楚是方便，或者不方便。

「哼。」

不對，先打電話給沙織吧。

我變得非常不想打電話給妹妹，就把桐乃的事情排到了後面處理。反正在六點門禁前她就會回來，到時再直接講就好了。

我把包包放上床，坐到了書桌前的椅子上，然後打電話給沙織。

嘟嚕嚕嚕嚕……嘟嚕嚕嚕嚕……響完兩次對方就接起來了。

「——在下是沙織。怎麼了嗎，京介氏？」

「結果妳還是選擇這種性格嗎……」

現在和我講話的，是沙織．巴吉納。戴著圓滾滾眼鏡又人高馬大，老是做御宅族打扮的她……是我的好朋友。雖然她和黑貓一樣，有著名為「槙島沙織」的另一面——

「是的！以後也請你多指教了，京介氏！」

看來她終究希望用沙織．巴吉納的身分來跟我們相處，而不是用槙島沙織的身分。當然我也很喜歡那個美麗的大小姐「沙織」就是了……

「嗯，這才是我認識的沙織嘛。我也要請妳多指教囉。」

總之就是這樣。我想，遲早還是有機會見到槙島沙織的。

想要再一次見識「在下的美貌」，就當成到時候的樂趣吧。

那麼，回到正題。

「嗯——我打電話給妳，是想談夏Comi的事啦。」

「好的。」

「『第三天』——我們再一起去吧。」

「…………」

「怎麼了？」

「啊，啊——沒事，當然是ＯＫ啊。ＯＫ是ＯＫ啦……我沒想過京介氏會主動提出來呢。」

「嘿嘿，嚇到了吧？」

「是啊！呵呵……京介氏嚇人的技巧也變高明了呢。」

「沒有啦，其實我剛才有和黑貓講到。第二天我們是以學校的社團名義參加，不過黑貓在第三天也有報名參加社團喔，用她個人的名義。」

「喔喔……」

「所以我在想今天的夏Comi，我們要不要參加黑貓的社團幫忙啊？不是用一般入場者的身分，而是由我、黑貓、妳、還有桐乃——一起出同人誌。妳覺得怎樣？」

大家一起去comike吧。

這也是之前我去美國把桐乃帶回來的時候，就已經跟她講好的事情。

所以這一次無論如何我都想主動提出來，而不是把事情交給沙織去辦。為了大家一起去享受每年只有兩次的「祭典」，我希望自己能盡量做點事。我只在這裡講，其實為了撥出時間給這個活動，我最近才會卯起勁來用功準備學測，好讓自己多「儲蓄」一些可以揮霍的時間。聽完我的想法，沙織隔了一拍才回答：

「這確實是個好主意呢！」

她用了熱烈的贊成來回應。

「喂，槙島小姐？妳恢復原本的性格了唷。」

「姆……失敬失敬。一不小心太興奮就這樣了。呼唔——嗯，這樣實在不行，面對京介氏的話，在下馬上就會洩底。」

「這表示妳在我面前完全沒有壓力吧？畢竟是朋友嘛。」

「……嗯，何況你已經見過我的真面目了。」

哈哈，會讓我感覺這麼親切的女生……大概也只有她了。

「詳細內容還是找大家都方便的時候，挑一個地方一起商量吧。店家交給在下來安排。」

「了解。謝謝，總是麻煩妳。」

「哪裡哪裡。」

慣例的對話結束後，我切掉電話。

沙織實在是個可靠的朋友。她還比我小兩歲呢，讓人不得不佩服。

但就算這樣，她依然——是個高中一年級的女生。

知道沙織的真面目之後，我對她的印象也越來越好了。

這下子……夏Comi第二天和第三天的行程都填滿了。

這樣我大概也變成名副其實的阿宅了吧。

就在我切掉電話，用力伸起懶腰時——

嗶嗶嗶嗶嗶，有電話打來了。明明我切掉電話才過了幾秒而已。

我猜是沙織那傢伙有什麼事忘了講吧——結果一看液晶畫面才發現不是電話，而是有簡訊傳過來。鈴聲和簡訊音效設得一樣，就是很容易搞混。

「原來是赤城，我還以為是誰哩。」

傳簡訊給我的是赤城浩平。他是剛剛跟我一起參加社團活動的赤城瀨菜的哥哥。

參加足球社的赤城是個體格好的帥哥，而且很寵妹妹。

和我可以說是完全不同種類的哥哥。

我出了房間，走下樓梯。

「那傢伙會傳簡訊給我還真難得。平常有事明明都是直接打來的。」

感覺是有點奇怪。

簡訊的主旨是「高坂，你覺得我現在在哪？」……誰知道啊！笨蛋。

結果等我一打開內文——

「我現在躲在妹妹房間的衣櫥裡面。」

「搞什麼啊你！」

我忍不住就直接吐槽出來了。

你看我這不是差點就嚇得從樓梯上摔下去了嗎？

是要怎麼樣才會陷入那種狀況，我完全沒辦法理解耶！還有你在那種異常狀況下傳簡訊給我的行動也一樣詭異！

跟我說你躲在衣櫥裡面是要幹嘛？懺悔自己的變態舉動？還是炫耀？

不管答案是什麼我都不想扯上關係就是了。

我在樓梯中間坐了下來，儘管對朋友傳來的神祕簡訊感到困惑，我還是規規矩矩地回了訊息給他：

「你在幹嘛？還開了實況討論串是吧？」

幾秒後，赤城回傳了過來。

「鈴聲響的時候我還以為自己死定了。(^-^;)」
「你妹也在房間喔！」
他那邊到底是什麼狀況啊……？應該說你至少先轉成靜音嘛！
赤城又傳了簡訊：
「呼……真危險，看來她沒有發現的樣子。我已經調成靜音模式，現在應該不要緊了。」
喀嘰喀嘰。我也迅速回訊。
「你腦袋不要緊嗎？我再問一次，你在幹嘛？現在到底什麼狀況？然後你為什麼會落到那種地步？」
「我妹說不定有男朋友了。」
「！」
赤城傳回來的簡訊內容根本不算在對話，但我不知道為什麼開始動搖了。
「你說什麼？」
「之前被瀨菜看到那本跟她長得一模一樣的love doll型錄後，她就不肯跟我講話了。」
啊啊，是有那麼一回事。那是你不好。
「然後，她昨天又說了一些好像自己有男朋友的話。」
「……………」

「所以我一時鬼迷心竅，趁妹妹不在摸進了她房裡，想找看看有沒有她男朋友的蛛絲馬跡。隨後我妹就回來了。我一慌就躲進了衣櫥裡。我妹開始玩同性戀遊戲了↑目前進度。」

「你還有空跟我講目前進度？」

最後那根本就是空前危機吧……！原來如此，要是我也跟赤城處在一樣的狀況，混亂過頭時會想找人商量也是正常的。雖然是別人家的事情，我倒是很容易就能在腦袋裡重現那個情境。

當然妹妹要換成桐乃啦。

……我偷偷入侵了桐乃的房間，然後她突然跑回來，我一慌就躲進衣櫥裡，結果她開始玩起成人遊戲了。

……喔喔……耶穌啊……！世界末日要到了……！

「我現在整顆腦袋都亂掉了，一個人根本想不出好主意。救救我吧！好朋友。」

「就算你叫我救你……」

「讓她發現的話我會被幹掉。」

也只能乖乖從衣櫥裡出來而已吧？

雖然你妹大概一輩子都不會理你了。

或者說，對了……當我開始策劃作戰的時候，簡訊音效又「嗶嗶嗶」地響起了。

「不好了，高坂！」

「……有什麼狀況？」

你該不會被逮到了吧？

「衣櫥裡面有一套超火辣的皮革緊身衣。瀨菜她什麼時候開始穿這種……」

「那不是你在情趣用品商店買來送她的嗎？」

「對喔！嘖，嚇我一大跳……！」

「我看你還是讓她逮到算了。」

我開始覺得在這邊陪他緊張實在很蠢。

「高坂，提到情趣用品商店，之前我們一起出錢買的成人ＤＶＤ（女優長得有點像田村那片），你什麼時候才要給我？」

「咦？那片是我的吧？」

「少亂講──────ヽ(`Д´#)ﾉ！你出的錢確實比較多啦，可是要講所有權的話，我也有九百八十圓的份吧？」

「我做個假設好了，要是我現在馬上打電話給你妹，然後跟她說『妳打開衣櫥看看吧』的話……」

「你……你這傢伙……！鬼……鬼畜男！」

「別這樣說嘛。如果只是損失個九百八十圓，就能逃脫這個困境，你不覺得很便宜嗎？」

「你有什麼計策嗎？」

「我只要打電話給你妹，然後把人叫到房間外就好啦。」

「對喔，你真聰明。」

那是你太笨了。

我還以為你就是要我這樣幫忙，才從衣櫥裡發簡訊給我的。

「好，那就馬上拜託你。」

「ＯＫ。」

我看看，瀨菜的號碼是……

在這裡還是做個說明，因為我們參加同一個社團，已經交換過電子信箱了。

像是在攪局一樣，當我號碼才剛按到００９，赤城的簡訊又傳來了。

「你等一下！剛才瀨菜有動作了！」

還要我等一下……瀨菜現在不是正開開心心地在玩同性戀遊戲嗎？

有點想撇清關係的我這樣回了訊。

「我不幫你偷窺喔。」

「不是啦，她好像拿出了一張照片在看。」

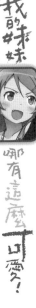

「會是男朋友的照片嗎？」

問題是那傢伙真的有男朋友嗎？感覺她正經八百的，有點難想像就是了……

「可惡，我看不見……！我問你喔，高坂，瀨菜的男朋友是誰──你心裡有底嗎？」

也不是沒有啦。

比如像遊研的真壁學弟吧。他好像從一開始就十分中意瀨菜，而且我也聽過他對瀨菜的評價是「這女生滿可愛的嘛」。還問過我說「學長是打算要搭訕嗎？」可以確認的是真壁之前有一些言行，就像在警戒我會不會把瀨菜搶走。

可是……在那之後瀨菜的腐女德性已經讓他退避三舍了，現在真壁對瀨菜是怎麼想的，我就不清楚了。

「雖然我心裡也不是完全沒有底啦……老實說，目前還沒有什麼好講的。」

我這樣傳了回訊。

……結果，那傢伙的事情，也只有她自己才知道。

就算跑去問好朋友，也沒有人會了解朋友的所有事情。

所以，綾瀨和黑貓這兩個御宅族跟非御宅族的朋友都沒有底……也無法肯定桐乃就是沒有男朋友。

我忽然從手機的液晶畫面確認到時間，便坐在樓梯上，無力地望向玄關。

「桐乃那傢伙……還沒回來啊。」

……就算妹妹交了男朋友，我也根本沒感覺就是了。

明明都已經過五點了。除了難得有事情的時候以外，她不會不在家的。

雖然我打從心裡覺得，赤城那笨蛋是個變態——不過我還是稍微可以理解做哥哥的一時鬼迷心竅，想把事情搞清楚的那種心情……

我煩躁地咳了一下，然後傳了這樣的簡訊。

「我問你，如果你妹有了男朋友——你打算怎麼辦？」

「抹殺！」

他居然直接寫在簡訊的主旨欄。

哈哈，抹殺是吧！這樣還滿痛快的！

即使真壁到現在還對瀨菜有意思，等在他前面的也只有修羅之道哪。

就算順利湊成對了，女朋友是個腐女、她哥又是個妹控，一次就得嚐兩種苦頭。

真可憐。

心情稍微好一點以後，我想了一會，寫下了這樣的簡訊。

「可是啊，赤城——所謂的妹妹，不就是妹妹嗎？」

發出去之後，連我都有點後悔自己寫了這種看不懂的文章。

但如果是赤城的話，和我一樣是哥哥的話，應該還是會懂我想傳達的意思。

妹妹不管到了哪裡，都只是妹妹，她遲早會交男朋友、和別人結婚，然後離開哥哥的身邊。再也不需要哥哥保護。

儘管我妹妹並不是以男朋友的形式脫離保護的，也一度差點離開我身邊——但是我討厭那樣，我沒辦法忍受，才會拚了命地跑去外國哀求她、把人帶回來。

可是，可是啊。

這純粹是因為對桐乃來說，這個時期要獨立還太早了而已。

只是早與晚的差別罷了。

結果，她遲早還是會離開。

我跟你說，赤城。瀨菜也是一樣的喔，你懂不懂啊？

「我懂啦。但我還是會揍她男朋友，絕對會揍。假如真的有的話。」

真是個絲毫不改其志的哥哥。堅定到這種程度都讓我開始佩服了。

「你這妹控！少嫉妒你妹的男朋友啦（笑）」

等我傳完簡訊，便收到了主旨叫「少管我！」的回應。

「高坂，我啊，只是希望瀨菜能幸福而已——這種漂亮的台詞我講不出來。從以前到現在一直一直疼愛著的妹妹，居然會被其他男人搶走，光是想像就夠嘔了吧？雖然從各種層面來看這都是遲早會發生的事情，這些我都懂。但這種事要想開沒那麼容易啦。」

「……這樣啊。」

要想開沒那麼容易，是嗎？

傷腦筋。真的是——傷腦筋耶。能像他這樣講出真心話，也算了不起了。

呼，我呼出一口氣，仰望起樓梯上頭。望見的熟悉景象，是住了十八年的自己家裡。

爬上這座樓梯，就是我的房間，還有我妹的房間。

這不會永遠持續下去，可是對現在的我來說，卻是理所當然的事情。

偶爾我會想，我果然是幸福的。所以才會有一股強烈的願望，祈求一切都能保持現狀。

但事與願違，我在這一年裡徹底改變了。

純潔的我已經受到妹妹還有阿宅的同化，被染成了一團黑。

原本發誓絕對不再去的comike，現在我甚至還自己說要去。

但我似乎還是和一年前一樣，期盼著「如果和現在相同的日子能持續下去就好了」。

以往的非日常，現在好像已經變成了日常，讓我深深地愛著。

說起來還真奇怪。我實在不覺得，以前的自己和現在的自己是同一個人。

那麼——要是這樣的話赤城又如何呢？就算那個傢伙是超強的妹控哥哥，總不會瘋狂到冒出想和妹妹戀愛的主意吧？

既然如此，他應該也會覺得，保持「現在這樣」是最好的吧？

瀨菜又如何呢？她對於哥哥、對於兄妹的關係，是怎麼想的？

還有——

桐乃呢？

「啊——算啦算啦。」

心情亂糟的。

當我不自覺地變成苦瓜臉的時候，嗶嗶嗶，簡訊傳來了。

「唉唷。」

肯定是赤城傳的。抱歉抱歉，都把你忘了。

我現在該打電話給瀨菜，把她引出房間對吧？

好——包在我身上。

結果一打開簡訊——

「我妹把衣櫥打開了\(^o^)/」

看來已經太遲了。

「赤城……我不會忘記有你這個人的。」

桐乃回到家，剛好是在接近門禁時間的六點半。

這時我還坐在樓梯上，思考著一些無聊的事情。

所以當桐乃回來，玄關的門喀嚓一聲打開的時候，我立刻就察覺了。

「我回來了。」

桐乃回到家後，我發現她今天裝扮得非常用心。她那套衣服連我都沒有看過，所以或許是新買的。而且還是露出肩膀和腿的大膽裝扮。穿成那樣是去哪裡混到這麼晚啊？從她手上提的專櫃紙袋來看——大概是和誰去買東西之類的吧……？

「妳回來啦。」

我用無精打采的聲音咕噥。

察覺到我的存在，桐乃才訝異地朝我仰望而來。

「你在幹嘛啊？居然坐在樓梯上。」

我是在想，如果跟妳說大家要一起去夏Comi的事情，妳應該會很高興——

當我準備這樣說出口時，又打消主意了。

「咦咦？你總不會是為了盡量早一點告訴我這件事，才坐在那裡等的吧？呀哈哈，好噁喔

～又不是忠犬八公。」

想也知道會被這樣講。明明我只是為了想事情才坐在這裡的。

「我做什麼都無所謂吧？」

「……那裡不會很暗嗎？」

由於樓梯間的燈沒開，光線滿陰暗的。可是我逞強般地回了一句「並不會」。

「怎樣都好，你讓開啦。這樣會擋到我爬樓梯耶。」

「……好好好。」

咚咚咚，我走下沒剩幾階的階梯，然後像是毫不在乎地問：

「……拖得這麼晚，妳是去哪裡啊？」

「……跟你沒關係吧？」

桐乃的回答帶著刺。啊……這麼說來，我現在和她還處在吵架狀態。

畢竟之後還要去comike，有很多事情不能不說，但我基本上就連桐乃生氣的原因都搞不清楚，所以也一籌莫展。倒不如說，我回想當時的情境過好幾次，結果還是覺得那都是桐乃單方面的錯。她忽然就發飆了。

「……………………」

令人討厭的沉默經過了幾秒。

「……好嗯。」

桐乃走過我身邊。

我感到一陣發冷……

一瞬間，有股難以形容的惡寒竄上了我的背脊。我在自己都沒意識到的情況下轉了身，還緊緊地抓住了妹妹的手腕。正要上樓的桐乃回過頭，和我對上目光。

「……………會痛耶，幹嘛？」

「沒事……」

喂，我為什麼……會抓著妹妹的手腕？

我不知道自己該說什麼。畢竟就連我自己都無法理解，自己為什麼會做出這種事。

「放……放開啦。」

桐乃彎起手肘抵抗。

我也根本沒有理由要抓妳的手啦——內心的聲音明明是這樣，然而我用在指頭上的力氣卻違背了意志，強得讓人甩不開。相對地，因為桐乃彎起了手肘，彼此間的距離大幅拉近了。妹妹的臉，就在我眼前。

「喂……真的會痛啦……你……你是……在認真什麼啊？」

桐乃的聲音有些顫抖。

「妳……那個……」

可能是憤怒的心情讓她稍微冷靜下來了吧，只見桐乃紅了臉，始終態度強勢地瞪著我。

「怎……怎樣啦……？」

「妳真的……交男朋友了嗎？」

我咕噥出來。軟弱、無力地。

「…………咦？」

抵抗的力氣一口氣變弱了。我說的台詞，似乎大大地出乎她的意料。

我吐出了這句不確定算不算藏在心裡的台詞後——總算鬆緩了指頭的力氣，放開了桐乃的手。

「痛痛痛……」

桐乃甩了甩變紅的手腕，淚光閃閃地再度瞪向我。

「……超痛的。」

「對……對不起啦。」

這種狀況下我也只能老實地道歉。為什麼心裡會這麼煩躁，又為什麼會講出那種台詞——雖然我自己到現在也還是搞不懂。總之我坦率地低頭了。

「……其實我是想跟妳和好的……沒事，隨妳高興吧。這次完全是我的錯。」

居然會對妹妹用暴力……我太差勁了。

「…………」

桐乃什麼都沒說。

我忍不住別開了視線。氣氛尷尬得讓我沒辦法好好看著妹妹的眼睛。

會怎麼被她狠狠數落呢？還是說會被揍呢？儘管我做好了覺悟——

「……噗。」

我聽見的，卻是竊笑的聲音。

「咯咯……什麼嘛～你是因為妹妹交了男朋友才在嫉妒嗎～～？呀哈哈哈！好噁喔～！居然還一臉超認真地逼問妹妹『妳真的……交男朋友了嗎』！」

桐乃突然眼睛發亮，還亂高興一把地取笑我。

為……為什麼妳心情會這麼好啊？妳不是在生氣嗎？而且我剛才明明還用那種可怕的方式對妳……老實說，我根本不懂這算什麼意思。

我幾乎是自暴自棄地問她：

「……所以說——結果妳是有男朋友？還是沒有？」

「你覺得呢——」

「嘖……」

反正一定沒有吧？畢竟黑貓和綾瀨都是這樣講的嘛。

少跟我打腫臉充胖子啦，可惡——

「……我說啊，我根本搞不懂妳在想什麼。」

「我也一樣，搞不懂你在想什麼。」

桐乃忽地背對我問：

「——下次要我介紹給你認識嗎？我的男朋友。」

她挑釁似地留下這一句，爬上了樓梯。

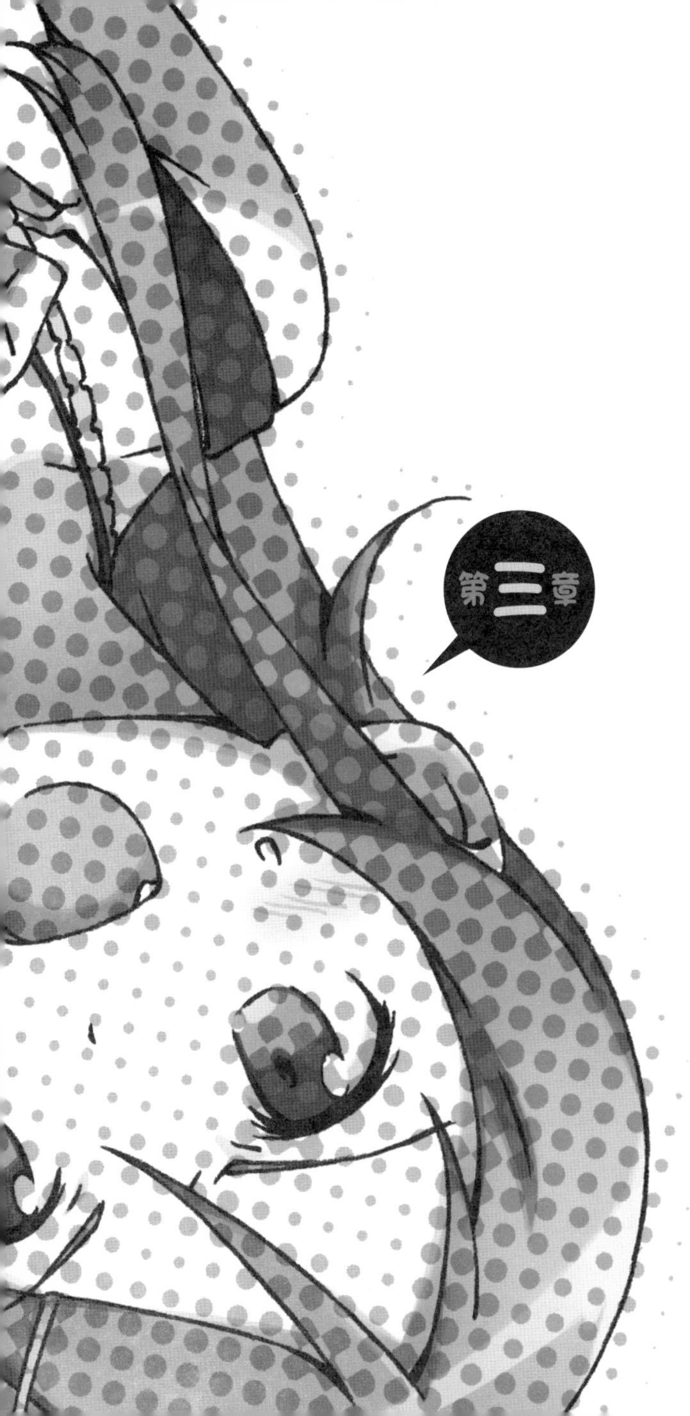
第三章

「——大家再一起去comike吧。」

「…………嗯。」

兩天前，我和黑貓有過這樣的對話。

為了製作在comike賣的同人誌，我們很快就決定要來做事前的討論，這天沙織還有黑貓一大早便一起來到了高坂家。

對電鈴聲起了反應的桐乃，搶在我之前先到了玄關，一開門認出她們兩個之後，桐乃便握著門把眨起了雙眼。

「……咦？妳們怎麼會來我家？今天有約好要來玩嗎？」

「哎呀，妳沒聽說啊？小桐桐氏。」

沙織如此回了話。她依然是平時那副圓滾滾眼鏡&阿宅風格的打扮。

「……唉。」

另一邊的黑貓則無奈地嘆了氣，用白眼望向遲了一步才過來應門的我。

「……哼……誰叫『學長』就是這麼沒用呢？雖然我大致可以想像得到，是發生了什麼狀況……結果你還是沒說出口啊。我就知道會這樣。」

被她看穿了。畢竟我都把事情跟這傢伙講了嘛。

「你們在說什麼啊？」

躲在一臉呆愣的妹妹後面——

我懷著「非常抱歉」的意思將雙手合十。

總之我先讓兩人進來家裡，在前往桐乃房間的途中，才開始說明狀況。

嗯，我也覺得自己安排事情的要領真是夠糟的了。

「……所以呢，今天我才會請她們兩個過來。」

「啥～？討論夏Comi的事～？什麼嘛……我都沒聽說。」

也對啦，因為我沒說啊。

桐乃在我爬樓梯時，從背後拋來了狠狠抱怨的聲音：

「你至少可以在昨天先講吧？為什麼都不說呢？雖然我今天剛好沒其他事，但突然跟我說有這回事也很傷腦筋耶。」

「……抱歉。」

還不是因為妳說要介紹男朋友給我認識之類的，我才會覺得很難開口。

我在心裡嘀咕著這種完全不合理的藉口。

「——下次要我介紹給你認識嗎？我的男朋友。」

而且妳的口氣，又好像真的有男朋友一樣……

雖然我也不能拿這個來當理由啦。

可惡……為什麼我會為了妹妹跟別人戀愛的事情弄得這麼不愉快。

真搞不懂。

上樓以後，桐乃轉了自己房間的門把。

趁這個時候——雖然已經太遲，但我總算跟她做了確認：

「夏Comi的事——不行嗎？」

「哪有可能不行。我要去——我也會去啦。」

立刻就有了回答。

「是喔，那就好。」

我回頭望向背後的黑貓與沙織，同時也微微呼出一口氣。

桐乃不可能拒絕這件事。她絕對會贊成的。儘管我一直這樣篤定，不知道為什麼，得到妹妹同意時卻還是感到有些安心。

這是為什麼？

自己試著分析之後，我馬上找出了答案。

如果她回說「我要和男朋友出去」要怎麼辦？我就是在擔心這個。因為那樣的話，我好不容易訂好的計畫就亂掉了——我就是在煩這個。

肯定是這樣。

對嘛對嘛，這樣我就懂了。就是因為這個原因，我的心情才會變得不對勁。

基本上就算妹妹交了男朋友，也沒什麼大不了的。

「好啦，進去吧。」

「喔。」、「打擾了。」、「……」

我、沙織、黑貓依序經過打開門的桐乃身邊，進了她的房間。

有一段時期這個房間曾經變得空無一物，但現在東西又慢慢變多了。照這樣看來，擺在隱藏收納空間的「祕密收藏」肯定也同樣在增加當中。

「……呵呵，好久沒有被招待到這個房間了。」

沙織感慨萬分般地張開雙手。

桐乃去留學以前，三個女生在我不在的時候，好像也常常會聚集到這個房間玩，不過從桐乃去留學之後就再也沒有了。畢竟上次大家聚在一起的時候，沙織也只有進來玄關而已。

「……真誇張，只是進個房間就這樣。」

黑貓口中也發出了溫柔的聲音。

包括我在內，所有人都露出了平靜的表情。

桐乃一邊關門，一邊難為情地苦笑了。

「妳們想來的時候隨時都可以來嘛。」

「呀哈哈……」

沙織也搔著臉微笑起來。那模樣一瞬間和「美麗大小姐」的身影重疊在一起，隨後又立刻消失了。

「好啦，坐吧坐吧。」

在桐乃催促下，大家圍著桌子，各自在坐墊上坐了下來。

輕輕坐到我旁邊的黑貓，用手遮著嘴「呼啊……」地打了呵欠。

「怎麼了，沒睡夠嗎？」

我有點擔心地問道。再怎麼說，黑貓都是要連續兩天參加comike的。

「要製作遊戲是沒關係啦，別太逞強唷。搞壞身體就不划算了。」

「嗯……唔嗯，我知道。」

黑貓目光渙散地望了我。

……奇怪，她今天明明是穿哥德羅莉服，卻沒有戴平時那副紅色的隱形眼鏡耶。

而且口氣也有點像小孩子，一點都不帶刺。

「我只是起得太早，還沒有完全醒過來而已。」

「怎樣啊，妳早上還去辦了其他事嗎？」
桐乃問得滿自然的。於是黑貓一臉愛睏地揉著眼睛回答說：
「……因為在放暑假……我都會陪比較小的妹妹去小學做早操。」
「噗！」
沙織笑出來了。
「做早操？黑貓氏會去小學做早操？」
「怎……怎樣啦……妳是想說我去做早操很奇怪嗎？」
黑貓噘著嘴鬧起脾氣。和她在學校的時候一比，果然還是跟這群人聚在一起的時候，她的表情才會更有變化。真可愛。
「沒……沒有……只不過和妳的形象差太多了，在下不小心就笑了出來。」
沙織「噗噗噗」地忍住笑聲。想像著黑貓混在小學生當中做早操，還排隊請人蓋章或者領點心的光景，確實會讓人噗嗤地笑出來呢。而且那模樣意外地適合她，有趣得讓人忍不住冒出笑意。
桐乃也笑瞇瞇地問：
「妳該不會是穿哥德羅莉服做早操的吧？」
「哪有可能啊？」

黑貓氣呼呼地別過臉。

「這麼說來，我沒看過妳穿哥德羅莉以外的便服耶。」

「…………………」

依然別過頭的黑貓只有將目光朝我瞥過來，小聲地開了口：

「……你想看嗎？」

她這麼問道。

「……嗯……想啊，如果妳願意的話。」

「是嗎？那麼，我會考慮的。」

話一講完，她就悶聲安靜下來了。這傢伙也是個讓人搞不太懂的女生。

而且當我將視線轉回桐乃和沙織的方向時，她們正在交頭接耳。

「妳們是怎樣，講悄悄話啊？」

「啊？我們想聊什麼，跟你沒有關係吧？」

桐乃兇巴巴地瞪了過來。儘管這傢伙平常就這樣，心情總是突然一下好一下壞，跟山上的天氣還真像。沙織將嘴巴噘成ω型，用指頭輕輕戳起了桐乃的臉頰。

「呵呵，沒有啦，因為京介氏都只跟小琉璃要好，小桐桐氏就鬧彆扭啦。」

「才不是！」

桐乃像瘋狗一樣張牙舞爪起來，然後又露出「咦？」的表情。

「小琉璃是誰啊？妳是在叫這個黑漆漆的嗎？」

啊啊，這麼說來我還沒跟這傢伙提過。

我將視線轉向黑貓，用眼神問說：「可以告訴桐乃嗎？」

黑貓微微點頭。我幫她開了口：

「黑貓的本名呢，叫五更琉璃。」

「……這並不是本名，而是我身為人類的化名。」

好好好，化名是吧。

聽了黑貓「身為人類的化名」，不知道為什麼桐乃又悶悶不樂地問說：

「喔……為什麼就只有你們知道？我被排擠了嗎？」

「事……事情……又不是那樣。」

桐乃使壞的發言，讓黑貓大為動搖。沙織立刻插進來打圓場。

「不不不！小桐桐氏！怎麼可能會有那種事嘛！」

「我們在同一個學校參加同一個社團，至少也會知道本名吧？」

我也跟著開口安撫。這傢伙也太喜歡黑貓了吧？連朋友和哥哥都要嫉妒。

「是喔！哼——所以放學後你們才會一起回家嘛。而且你又帶她到自己房間，和她兩個人獨處，還讓她躺在你床上是吧？」

「我們只是在一起製作遊戲而已！」

「就跟你說那已經等於在交往了嘛！啊——好噁！好噁好噁！」

吼——！妳給我差不多一點！倒不如說，就算我真的和黑貓交往好了，我又為什麼非得被妹妹發脾氣啊！妳就這麼不希望自己的朋友被搶走是吧！

當我就要發飆的時候——

拍手聲「啪啪！」地傳來了。

「到此為止吧！難得大家接下來要開始準備愉快的祭典——吵成這樣該怎麼辦呢？」

「姆……！」

桐乃和我同時沉默下來。

沙織又張嘴露出笑容說：

「我有一個提議，大家相親相愛地共同來分享黑貓氏、也就是小琉璃吧，怎麼樣呢？」

「……為什麼我要被你們當成寵物啊？」

吵到最後差點變成在爭自己的擁有權，黑貓一臉心情複雜的樣子。

桐乃「呼……」地吐出一口氣，像是重新調整好心情那樣地開朗說道：

「……算……算啦……反正你們之間也不可能有什麼嘛。」

「…………」

我和黑貓不分先後地朝彼此對上了視線……接著又立刻轉開目光。

——這是「詛咒」唷——

糟糕。發生過太多曖昧的事情，我很難對桐乃的發言回一句表示同意的「就是說啊」。

心情恢復的桐乃並沒有發現我跟黑貓之間的微妙氣氛，又說道：

「——琉璃啊。很適合妳，這名字不錯嘛。」

她望著黑貓的臉，罕見地露出了坦率的微笑。

騷動告一段落，我們終於可以進行原本的目的，商量這次夏Comi的事情。在桌上擺好飲料跟點心後，會議就開始了。

「那麼，我們要出什麼樣的本子？」

桐乃手撐在桌上，眼睛發亮地挺向前發問。她的心情已經徹底恢復，目前ＨＩＧＨ得不得了。我每次都跟不上她這種迅速的切換方式。

「黑貓氏。這一次，妳的社團在第三天要出的同人誌，就由我們客串來畫幾張稿吧——這樣的形式妳覺得好嗎？」

「……嗯，這樣可以。這次呢……應該說我這次也打算做mascherа的二次創作同人誌，雖然旁邊那個正在亢奮的某人或許會生氣，還是請你們配合主題來畫。順帶一提，我畫的是短篇漫畫。」

黑貓仰望著桐乃貼到面前的臉說道。

「咦？什麼？意思是說，我也要做mascheraの二次創作才行囉？」

「是啊。」

「擺在封面的會是妳畫的mascheraの插圖？」

「是啊。」

「而且還要用妳想的廚二社團名稱『神聖黑貓騎士團』上陣？」

「……………是啊。順……順帶一提，這個社團名稱隱含了幾個意思。在你們加入後，獲得新生的我——」

「咦～？這樣我的預定就亂掉了耶～我好不容易想了一堆點子的說～」

拜託妳聽完朋友的解說行不行。

妳看黑貓的太陽穴不是都在抽搐了嗎？

「哎哎哎，小桐桐氏。有什麼關係嘛？畢竟有句話說『善書者不擇筆』，在下相信，如果是小桐桐氏的話，哪怕讓妳來做不熟悉的mascheraの二次創作，肯定也能做出好東西的。」

「也對啦～我是已經想好小說的點子了～」

單純的笨蛋。被捧一下就輕易上當了。

總而言之，桐乃似乎是打算寫小說來參加這次的同人誌創作。

沙織打算怎麼辦呢？

「讓在下畫幾張mascherа的插圖吧。」

「妳會畫插圖啊？」

「……稍微。不過……畫得不好也請不要笑在下唷。」

沙織害羞地將指頭繞在一起。之前我都沒注意，但仔細一看，會發現她是個動作很可愛的傢伙。

「喔……不會啦，我當然不可能笑妳囉。」

黑貓也好、瀨菜也好、沙織也好，當阿宅的女生有滿多人都會畫圖呢。她會畫什麼樣的圖呢？真讓人期待。

「我會期待喔。」

「嗯……在下會加油的。」

沙織輕輕舉起雙拳，擺出有幹勁的架勢。

不知道是不是一度看見這傢伙原本面目的關係，最近我開始把沙織看成「年紀小的女生」了。就像多了個大塊頭的妹妹一樣，感覺滿不可思議的。

這時候，「舊的」妹妹這樣問了我。

「與其講這些，你自己又打算怎麼辦？」

「我嗎？」

「對啊。漫畫、小說還有插圖，你不是什麼都不會畫也不會寫嗎？這樣沒辦法參加創作同人誌吧？」

還真是戳到了我的痛處。我根本什麼都無法創作。像是製作遊戲的時候，結果我也只能做類似debug的工作而已。但是！

「哼哼哼哼……確實就像妳說的。可是呢，桐乃，我早知道妳會這樣問了。」

「好噁。」

我才用淺淺的笑容轉向桐乃，她就臉色發青地把頭離遠了。她像是為了掃除噁心感般用吸管吸起了果汁，然後斜眼朝我拋來輕蔑的目光。

沙織把手湊到了下巴，圓滾滾的眼鏡頓時發出亮光。

「京介氏，看來你是有什麼主意吧？」

「哼，算是啦。」

我&沙織交換了自信的笑容。肯像這樣陪我一起鬧，這傢伙實在是個好朋友。

另一方面，黑貓則與沙織互為對照，狀似不安地流著冷汗。

「……我覺得你絕對不是在想什麼好事。」

「真是沒禮貌的學妹耶。妳講這些有什麼根據？」

「……我可沒有忘記，你曾經一臉得意地說出『我們來做成人遊戲吧』的台詞唷。」

「那一次我也覺得那是個好主意就是了。」

「……當……當我說『我沒自信描寫男生的H場面』時，你還說『既然這樣就由我來提供作畫的資料吧』——」

「我才沒說過！妳不要幫我捏造台詞！」

原來這傢伙還在誤解喔？

「……你……你們的社團活動到底是在幹嘛啊？」

「黑貓！我妹的視線都是因為妳才會這麼冷漠！妳要負責化解誤會！」

黑貓用鼻子「哼」了一聲，然後微笑著朝桐乃這麼囁嚅說：

「妳哥哥啊，在學校的綽號是『性騷擾學長』唷。」

「妳這樣講只會造成完全相反的效果啦！」

「不過這是事實吧？」

「……是事實沒錯啦。」

嗯——這樣下去事情根本沒有進展嘛。

桐乃已經不打算跟我對上目光了，還把精神都集中在喝飲料上面。

不知道沙織是不是察覺了我煩悶的心情，厲害的她選了絕妙的時間點幫忙打圓場。

「那麼，京介氏是打算用什麼作品參加同人誌的創作呢？」

「喔！」

我露出清爽的帥哥笑容，豎起大拇指指向自己的臉。

「我想跟沙織借mascheraの服裝，做一個我的cosplay寫真專欄！」

「噗——！」

桐乃噴了一大口飲料出來。

而且就噴在我臉上。

「喂……妳很髒耶！幹……幹嘛啊！突然搞這種飛機！」

柳橙汁完全跑進眼睛裡了耶！好痛！眼球超痛的！

「咳……咳……！你……你一臉得意地在說什麼啊？」

睜大雙眼露出一副不敢領教的態度的，就是我妹。

哎呀？奇怪了……我還以為這個企畫不錯呢。

因為我cosplay的樣子不是挺帥的嗎？

黑貓正在幫嗆到的桐乃拍背。

「所以我才說嘛……妳哥露出這種臉的時候，想的不會是什麼好事情。」

「咳咳……就算這樣……『做一個我的cosplay寫真專欄』這種話未免也太扯了吧？一翻開同人誌，就會突然看到土氣男的cosplay照耶！」

「真是chaos（註：網路用語，表示一團亂的樣子）呢。」

喂，沙織！連妳都要背叛我嗎？

自信滿滿提出的腹案遭到否定，我一邊拿手帕擦著變得黏搭搭的臉，一邊用消沉的聲音嘀咕說：

「……這樣很糟嗎？」

「「「很糟。」」」

三個人一起徹底否定了我的意見……怎麼會這樣……雖然我覺得自己扮起來超像的。

但是在這個時候……

「……不過，呃……」

黑貓小聲地補充了意見。她有點臉紅地說：

「…………那……那樣也滿有意外性的……依做法不同，說不定也會有不錯的成果……」

「喂……妳……妳是認真的嗎？」

「……嗯……參加者可以做各自想做的事，就是同人的精髓啊。如果說只有一個男生的專欄太單薄的話……我……我也可以一起拍嘛……」
喔喔，不愧是cosplay愛好者！太明理了！
沙織也半傻眼地露出苦笑。
「黑貓氏是我們『神聖黑貓騎士團』的領袖。黑貓氏認為好的話，在下沒有理由反對。京介氏，請放手去秀吧。」
「包在我身上。」
我深深點了頭。對於這個狀況，在旁看著的桐乃好像有話想說，結果她將視線轉到黑貓身上，微微咂舌說：
「知道了啦……隨你們高興吧。」
「……我……我又不想……都是因為妳哥哥要拍的關係……沒辦法嘛，沒辦法。」
「黑貓！那妳跟我一起拍吧！我們可以重現動畫第二季的高潮場面！」
「你為什麼可以一個人興奮成這樣啊……？」
炎熱的夏日時光轉眼間便流逝了。我暫時沉迷在第一次的同人誌製作上面。但同時也有顧好學測的準備與社團活動。我一下子跟麻奈實一起唸書，一下子靠沙織的人脈借了攝影棚，一下子又請真壁學弟教我Photoshop的用法……對了對了，我還提光存款，和黑貓一起到秋葉原買

了數位相機。

這是段既辛苦又充實的日子。

於是。

夏Comi第三天的早上到來了。

「好熱～～～～～」

我和桐乃一走出國際展示場站，據說今年溫度最高的熱浪就撲了上來。

視野搖晃著。由變得跟平底鍋一樣的柏油路面上升起快將人肺部燒乾的夏日氣息。我忍不住拿起毛巾擦臉，結果卻被桐乃「叩」地一腳踹在小腿上。

「活動都還沒開始，不要這麼虛弱啦！」

雙手交叉在胸前的妹妹，穿的是大膽露出雙肩的夏季裝扮。那樣穿雖然很涼快，我的眼睛要找地方擺就傷腦筋了。我一邊找著據說已經先到的黑貓，一邊嘀咕起來：

「……很不巧，我的夏Comi從昨天就開始了。」

「所以你到現在還在累？哼，真像個大叔。」

「要妳管啊。」

沒錯。昨天，我在夏Comi第二天也以遊研成員之一的身分參加了社團。

哎，那又是另外一回事了。

等到有機會——這個夏天發生過的事，我也會整理出來告訴你們啦。

「話說回來，桐乃，我剛剛才注意到。」

「怎樣？」

桐乃惡狠狠地拋下一句話。即使我是她哥哥，要和她聊天也夠累的。

「妳今天穿的這套衣服……」

「咦？」

「該不會跟妳去年來夏Comi的時候是同一套吧？」

雖然我講這句台詞時並沒有想太多，桐乃露出來的反應倒是意外良好。

她訝異地眨了眨眼睛說：

「嘿——你這沒眼光的傢伙倒是還不錯嘛……虧你能看出來耶。」

「沒有啦，是因為妳露出肩膀和鎖骨的樣子讓我有印象。」

「啥？」

桐乃兩手交錯，用手掌遮住了雙肩，然後像隻生氣的狗一樣吠出聲音：

「你……你在看哪裡啊！色狼！」

「不要在人群裡喊得這麼大聲啦。聽起來不是很像我對女生做了癡漢行為嗎？」

「你有！你剛剛就有！」

桐乃一邊用單手遮著肌膚，一邊用手指直直指向我。我聳了聳肩膀說：

「我一根指頭都沒碰到妳喔。」

「問題不在這裡！問題是你用色色的眼光看了我的肌膚！」

「……真讓人懷念。完全和去年一樣呢。」

「喂！是怎樣？你改變話題也變得太明顯了吧！」

桐乃原本還想跟我追究，不知道是不是領悟到講了也沒用，總之她似乎是改變了主意。桐乃再度手叉胸前，呼了一口氣：

「哼……算了。你說的懷念，我也可以了解。」

「對吧？……難道說，妳是因為這樣才穿同一套衣服？」

「哪有可能啊？只是碰巧而已。」

「呼嗯，是喔。」

對流行很敏銳、又當讀者模特兒的時髦國中生，會特地把去年的同一套衣服翻出來，而且碰巧穿來參加和去年同樣的祭典？

這才真的是不可能吧——我是這樣覺得。

桐乃似乎不想再聊同一個話題，便用腳底「噠」地一聲踏在地面上。

「好啦，快點走吧。沙織都已經先入場，在社團的攤位等我們了。」

「是是是。喂，妳等一下，黑貓有傳簡訊說她就在這附近——」

「——我從剛才就一直在你旁邊啊。」

「咦？」

我回頭望了那道囁嚅般的聲音來源，結果站在那裡的，是個戴著寬邊帽、身穿白色洋裝的少女。

「……你們不要無視我好嗎？」

「呃……妳。」

我愣得發不出聲音，只顧凝視她那副模樣。感覺得到旁邊的桐乃也嚥了一口氣。

那不是黑色的哥德羅莉服，也不是西式的學校制服，而是便服。

嬌弱的形象仍然不變，但彷彿把尖銳的氣質直接轉換成清純——

「是……黑貓嗎？」

「要不然你看了覺得是誰呢？」

「沒有，可是……妳的模樣——」

「……怎……怎樣？」

印象和平時大為不同的黑貓微微別開視線，噘起了嘴唇。
我正經八百地注視著這樣的她問說：
「——妳這是什麼角色的cosplay？」
「這……這才不是cosplay……是便服啦，便服……！」
糟糕，我好像踩到地雷了。感覺黑貓這傢伙超生氣的！
我趕緊向她道歉：
「抱……抱歉，因為跟平常差太多了，我才會以為……」
「真……真是的……是……是你自己……說『想看』的吧？」
「……啊……啊啊。的確……是這樣。」
不論是大家一起cosplay的時候也好，入學典禮的時候也好，最近我老是被這傢伙改變形象的樣子嚇到。可是，話說回來……這還真是……
好可愛。衝擊感再加上這暑氣，讓我眼前感到一陣暈眩。
應該說——她這樣看起來年紀比平時還小，還散發出了平常讓人發覺不到的魅力。
「妳這樣穿很好看。」
「是……是嗎？」
「是啊。很適合妳。非常適合。像是夏天的青春電影裡會有的打扮。」

我也覺得自己是個很不會說話的傢伙，就連感受到的十分之一也沒有表達出來。

……嗯嗯……而且這傢伙白皙的肌膚簡直就像透明的一樣……衣服也是白的。

只是換了個形象顏色，給人的印象居然會有這麼大的改變啊？

「妳已經不是黑貓了。應該叫妳白貓吧。」

「……什麼嘛，你這樣講，是在誇獎我嗎？」

我的台詞讓她傻眼了。

但即使是這種蹩腳的稱讚，似乎多少也有傳達到意思，黑貓隱隱約約地紅了臉。

這時候，愣在我旁邊的桐乃總算有動作了。

她指著已經變成白貓的黑貓說：

「這……這不是我上個星期幫妳選的衣服嗎？」

「…………對啊。那時候，呃……謝謝妳了。」

衣服穿白的，就連個性都會漂白嗎？黑貓竟然坦率地和桐乃道謝了。

出人意表的狀況，讓桐乃訝異得露出一副呆頭鵝的臉。

「咦？啊……哪……哪裡。」

被人先講了一聲謝謝，桐乃要氣也氣不起來。

哎，基本上我連她為什麼差點就發飆的原因都搞不懂就是了。

「原來這套衣服是桐乃選的嗎？真厲害，妳果然很厲害耶。」

「咦，是……是喔？」

「是啊。嗯，我真的這樣認為。」

對於妹妹的品味，我確實感到相當佩服。誰叫黑貓今天就是這麼可愛。

桐乃用指頭搔起了臉頰，一副不好意思的樣子。

「還……還好啦……你看，這傢伙外表感覺滿和風的，又是文靜型對吧？而且髮質也好得很誇張。所以我想她絕對適合走這種路線的打扮啦。」

「這種路線是什麼路線？」

「成人遊戲裡常會看到的穿法。」

啊啊……

是有這樣的角色啦，穿白色洋裝，搭一頂帽子。

就連沒玩過幾套遊戲的我，都有看過這樣的遊戲ＣＧ。

「我……我忍著羞恥心拜託妳幫忙選衣服，結果妳卻設計讓朋友穿得和成人遊戲的女主角一樣？」

「嗯。」

她還回答「嗯」！這……這傢伙！

「哎，不過很合適啊，而且我也覺得很可愛嘛。以本姑娘的品味保證，真的很可愛。」

「…………這部分我是很感謝妳啦……可以的話，真不想知道這種打扮的由來。」

「不過，這套衣服……原來是為了在今天穿才買的啊……」

一臉複雜表情的桐乃手插在腰上，瞇起了眼睛。

這傢伙從剛才到現在是怎樣？自己選的衣服被黑貓穿來會場，為什麼會讓她這麼看不過去？像這種時候，應該高興說：「喔喔！這不是本姑娘挑的衣服嗎？咦，妳是怎樣啊～穿這套過來～」才對吧？

「總之我們走吧。沙織還在等吧？」

「……ＯＫ。」、「也對。」

桐乃和黑貓也表示同意。

我重新背好桐乃給我保管的行李，朝Big Sight踏出腳步。

「黑貓，妳的手推車也交給我吧。」

「咦？沒……沒關係……不用啦。」

「沒什麼啦，順便而已。」

我一伸出手，儘管有些猶豫，黑貓還是把手推車的握柄交給我了。

「好。」

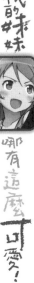

從車站出發之後，立刻能看到在右手邊有便利商店的那一帶，已經分成了兩條隊伍。

「社團參加者請走這邊——」

順著工作人員的誘導，我們走到了另一條隊伍裡，和排隊等開場的隊伍不同——這是社團參加者專用道。跟一年前不一樣，以社團名義參加的我們，竟然不用排隊就能入場了。

桐乃側眼看著大量的人潮，叫出了聲音：

「咿喲——人依然超多的！呵呵，一想到可以丟下這些人先進去會場，就好有優越感。感覺他們在這種熱死人的天氣真是辛苦了呢。」

「拜託妳不要這麼大聲，會被聽到啦。」

開口糾正的黑貓簡直就像桐乃的姊姊一樣。

看她們這樣互動，總覺得好懷念。

「現在才講這個感覺也很奇怪，不過妳們和一年前比起來，也變了好多耶。」

「會嗎？」、「啥？哪有啊？」

她們同時講出了意思是「才沒這種事」的話。

「妳們還記得嗎？一年前我們就排在那裡。然後妳們不是還一邊玩ＰＳＰ的遊戲，一邊吵架嗎？」

「啊——我想起某人玩的時候故意找麻煩的事了，那時候超火大的。」

「哼……有過那樣的事情……嗎？」

黑貓和桐乃都一臉懷念地互相看著對方。沒錯，那時候我們都才剛認識，桐乃跟第一次交到的阿宅朋友也還抓不到距離感，要說的話彼此好像滿多衝突的。

「然後現在又怎麼樣了呢？雖然還是會互嗆，但妳們變得會一起去買衣服，一起製作同人誌了。還挺要好的不是嗎？」

「哼，才沒那種事。」

「對啊，沒那種事。」

氣呼呼的兩個人左右對稱地轉過頭。

——唉，就這樣囉。

還有另外一點，要說改變的話……我和黑貓的關係也變了。

一年前，我明明——只把她當成「妹妹難得交到的朋友」。

而現在——

「…………」

現在又變成什麼樣了呢？我也不是很懂。

因為我一直在想這些，不小心就盯起了黑貓的側臉。

「怎樣？沙織還在等，快點走吧！」

「嗯嗯。」

……桐乃那傢伙真的很會選。

有夠可愛的。

「喔——各位，我等候已久了——！」

一進會場，穿著平時那套阿宅裝扮的沙織便揮著手，冒出來迎接我們了。早上，開場前的Big Sight裡面，跟開場後的地獄一比，看起來簡直就像是不同的地方。

廣大的空間裡排放著桌子，到處都有人在忙著擺攤。

無數的腳步聲和作業聲來來去去，氣氛忙亂無比，卻又充滿了活力。

根本就像是打鐵工廠一樣。

高溫的火種滋滋滋地冒出熱氣，大家都在守候著火點起來的瞬間。

「喔，妳已經在準備啦？我們馬上來幫忙。」

「那就太感謝了。不過，我們先在附近繞一圈打個招呼吧？畢竟到九點半以後，大廳裡面就沒辦法走動了。」

「喔，這樣啊。」

我確認了手機的時鐘，八點四十五分。

要是想不慌不忙地繞一圈，確實是差不多該動身了。
繞場寒喧——這種現場販售會似乎有項習慣，大家都會主動去跟隔壁的社團或者認識的社團打聲招呼。這也是沙織教我的。
「話雖如此，隔壁的好像也還沒來，而且我又沒有認識什麼社團。倒不如由妳帶桐乃去繞一圈比較好吧？」
畢竟這傢伙認識很多人嘛。
「那麼，在下就接受你的好意囉……小桐桐氏，要一起去嗎？」
「嗯——怎麼辦呢？反正之後大家還是要一起逛的吧？」
「話是沒錯，不過等開場以後，有些人就不確定能不能遇到囉？」
因為活動一開始後，這裡就會變成地獄嘛。而且其他社團的人和我們都會很忙。
「妳去不就好了嗎？難得有機會可以跟喜歡的畫家見面耶。」
「……哼……也對。沒問題的，我跟學長會在這裡好好看家。」
接在我之後，黑貓也出口慫恿桐乃。但是桐乃反而表現出抗拒的態度。
「嘖……囉唆耶……我愛怎樣就怎樣嘛。」
妳是白痴嗎？為什麼這樣會讓妳不開心啊？
「哎哎哎，在下明白小桐桐的心情啦。那麼，就由我當代表繞一圈，這裡麻煩你們囉。」

「喔。」

沙織離開去跟人打招呼了，正好就在這個時候——

「——哎呀，京介小弟。還有桐乃跟……我記得妳是叫黑貓吧？」

某個耳熟的聲音叫了我們的名字。我們轉過頭，在來來去去的人群中找起聲音的主人。結果，出現在那裡的是——

「嗚喔，這不是Fate小姐嗎？」

「好久不見——似乎也不算久吧？好巧，居然會在這裡碰到你們。」

這位穿著體面襯衫的大姊姊是伊織．F．剎那。

對我們來說算是熟人。

桐乃穩當地說了聲「妳好」，而黑貓則無言地將視線拋向Fate小姐。

我代表三個人開口問她：

「與其說巧不巧的，倒不如說妳怎麼會來這裡？妳不是已經在出版社上班當編輯了嗎？」

「啊，妳現在該不會是在MEDIAASCII WORKS工作吧？」

桐乃這麼把心裡猜想的內容說出口。

「這個嘛……說來話長……」

Fate小姐的臉頰一陣抽搐。

「在熊谷先生介紹下，我去參加了ＭＡＷ的中途徵人考試，本來還以為可以靠關係輕輕鬆鬆進去的，結果卻遇到超壓迫面試（註：指日本公司為考驗應徵者的ＥＱ，故意在態度上刁難的面試方式）。」

「妳被刷掉了啊？」

桐乃妳還問！

結果似乎正如所料，Fate小姐洩氣地垂下肩膀低了頭。

「嗚嗚嗚……因為他們在面試時問我：『辭掉上一間公司之後，妳都在做些什麼？』我就回答說：『我為了投稿貴公司的新人獎，一直在寫小說。』結果……氣氛當場就冷到了極點……我……我還以為自己會死掉。」

「『寫小說才不算在找工作啦，白痴』，他們的意思是這樣嗎？」

我想鞭屍指的就是桐乃這種行為。

我清楚看見Fate小姐胸口上被插了一把刀。

桐乃講這些話大概沒有惡意吧。

「我……我做的事也算找工作啊！大概！只……只不過他們不認同我那種找工作方式而已嘛。如果我最少講個我有在用HAROWA（註：HELLOWORK，日本求職網站）的話，面試官的心證也會改變吧……」

妳看，Fate小姐不是變得更沮喪了嗎？講點什麼吧，桐乃。

「呼嗯，所以妳從那時候到現在都一直沒工作囉？」

喂！妳想搞出人命啊！

「就因為這樣，我借的錢已經超過一百萬了。手頭上的現金差不多也快用完啦。」

面對語氣陰沉得跟死人一樣的Fate小姐，桐乃又問：

「那之前我借妳的錢呢？」

「耶嘿，投資外幣虧光光了♡。」

我好久沒聽到這麼糟糕的對話了。

能吐槽的點太多，根本沒辦法隨便插嘴。

這個人沒救了啦……根本就像女版開司（註：指《賭博默示錄》的主角伊藤開司，曾在賭博中輸掉自己手指頭的賭徒）嘛。

不知道是不是察覺了我們冷漠的視線，Fate小姐露出厚臉皮的微笑說「不……不是你們想的那樣啦」，開始講起牽強的藉口：

「你……你們想嘛，之前不是因為希臘問題還有一些零零總總的原因，澳幣的匯率一口氣跌到七十一圓嗎？那時候我用八十八圓買進的澳幣就被人家強制停損，賠得屍骨無存啦！連想擺著套牢都不行，全都泡湯了，混帳！啊哈，這什麼鬼匯率嘛！怎麼看都像是拿著刀針對我來的！那些人是在鬧嗎？想死嗎？他們明明說會升到一澳幣兌一百日圓的嘛！大家都是這樣講的！呵呵呵……呵呵……全是那幾個在面試時把我刷掉的正式社員害的。事情都是從那個時候失控的……咯咯咯……」

專業術語實在太多，總之我只知道Fate小姐是個廢人。

這個正在加速墮落的大姊姊，把現場的氣氛越變越糟。要想辦法換個話題才行……呃——

「既然Fate小姐會來這裡，就表示妳也是社團參加者囉？」

「咦？啊，嗯——」

Fate小姐一轉身，指向了牆壁社團排列著的一角。

「我的社團是在那邊。雖然我自己並沒有畫作品就是了。我在插畫系ＳＮＳ有認識一些同人畫家，所以我把他們聚集在一起組成了社團，今天是第一次參加活動。」

「第一次參加……就被分成牆壁社團？」

黑貓一臉訝異地望向Fate小姐所指的社團。

在這裡我還是解說一下，所謂的「牆壁社團」，是指在會場裡被分配到外圍的社團，這樣除了顯眼以外，入場者排隊也很方便，可以說是活動中的「特等地段」。

當然，那裡同時也是知名社團的激戰區，因此第一次參加就突然被分配到牆邊，似乎是相當例外的狀況。

「呵呵，很厲害吧？來，這是我們的本子，不嫌棄的話就拿去看看吧。」

恢復精神的Fate小姐，遞來了一本有點厚的平版印刷刊物。

「……好厲害。」、「哇……」、「……這真是──」

收下的本子內容之出色，讓我們睜大了眼睛。

連外行人都一目了然的完成度。

就算說這是在書店賣的書，我也會相信。

而桐乃比我還要吃驚。

「喂，這裡面全是人氣插畫家耶……妳……妳還真能聚集到這種夢幻陣容呢。」

「耶嘿嘿。」

Fate小姐害羞的樣子挺孩子氣的。她將眼睛瞇成了弦月型說：

「因為我自己畫不出作品。哎，能做的就這樣囉。把人聚集起來，居中協調，經營好一個社團──要說的話，我大概就像製作人吧？」

哼哼地笑出聲音的Fate小姐挺起了平板到極點的胸部。

「……啊啊，感覺妳對這種事是很擅長沒錯。」

桐乃露出的笑容有些僵硬。這麼說來，這傢伙也是被Fate小姐看上，在連拐帶哄下──才會出道寫小說的吧。

另一方面，黑貓望著Fate小姐的同人誌，露出了敬而遠之的苦笑。

「……妳是找最近引起話題的畫家，用最近流行的畫風，來畫最新流行的題材吧。做到這麼露骨的程度，反而讓人覺得佩服了。」

「事前的準備夠充分，接下來就看怎麼收尾囉！……雖然當作家的夢想破滅了，把這個社團培育起來大賺一筆，就是我現在的夢了……哼……看著吧，我會在一年內就把債還清的。」

訴說著新夢想的她，眼裡正燃燒著野心的火光，看起來閃閃發亮。

就算內容俗氣，夢想還是夢想。我坦然地有了為她加油的想法。

「……你知道嗎，學長？這種人在業界好像是叫『同人蟑螂』喔。」

黑貓不帶表情地嘀咕了一句。桐乃也跟著說道：

「雖然我聽不太懂，如果順利的話，請妳要把之前我借妳的錢還來喔。」

說完後便溫和地微笑了起來。

當我們跟Fate小姐講話的時候，去打招呼的沙織回來了。

「黑貓氏，有工作人員來囉。」

「嗯，我正在準備樣書。」

身為社團代表人的黑貓，正輕快地填寫著說明單的必須事項，那是要貼在樣書上的。

靜不下來的桐乃則盯著整疊新刊的包裝，黑貓出聲叫了她：

「那邊的褐髮妹，幫忙拆開包裝，把新刊拿出來。」

「就等妳這句！」

「呀呼！」地叫出來的桐乃，動手拆起了從印刷廠送來的新刊包裝。

我和沙織也自然而然地湊到了旁邊，守候著新刊亮相的那一刻。

唰——

仔細撕開的包裝底下，露出了黑貓所畫的「maschera」封面。

同人誌的標題「神聖黑貓騎士團」，同時也是我們的社團名稱。

「鏘鏘——！喔——真的印成書了耶！好厲害喔！」

桐乃雀躍地把我們製作的同人誌高高舉了起來。

雖然我也是一樣的心情，因為挺不好意思的，就隨口開起了玩笑：

「笨……笨蛋，冷靜點啦。妳又不是第一次出書，不是嗎？」

「那個跟這個完全不一樣啦！誰叫這個是我們——」

桐乃滿臉興奮地望著和她一起出書的同伴，然而不知道是不是話講到一半就害羞起來的關係——

「總……總而言之不一樣就是不一樣啦！來，這個是樣書！」

她含混帶過去了。

把樣書交給工作人員，也和隔壁社團打了招呼——擺攤的準備一步一步地完成了。

「其實，在下是第一次參加同人誌的製作……哎哎哎……像這樣看到自己做的本子擺在眼前……感覺真好呢。」

「姆呼呼」地笑出來的沙織翻著同人誌，把嘴巴嘸成了ω型。

「哎，雖然說之前也有用ＰＤＦ檔確認過印刷的樣本，像這樣印成書以後，看了心裡果然還是會很有感觸呢。」

沙織和桐乃似乎都滿從容的，不過隨著開場時間逼近，我的緊張感也開始加速度地提高。

「……差不多要開始了。」

在我旁邊，黑貓的喉嚨發出了咕嚕一聲。相對地，我露出了輕鬆的笑容說：

「喂喂喂……黑貓，妳在緊張嗎？冷……冷冷冷……冷靜點嘛。」

「……你才應該冷靜點。」

辦不到啦。辦不到辦不到。試了以後我才發現，根本辦不到。

「京介氏，要喝個水嗎？」

「嗯……嗯……抱歉。」

我從沙織手上接過結冰的瓶裝水，潤了潤喉嚨。

「呼哈。」

冰水真是超讚的。就在我擦著汗呼出一口氣的時候——

「這樣準備工作就結束啦。」

桐乃把整疊同人誌擺到了桌上。

隨後——

叮咚噹咚。

「Comic Market現在正式開始。」

開場的廣播傳來，歡呼聲「哇」地湧上，熱烈的鼓掌聲也跟著冒出。

於是我和妹妹睽違一年的夏Comi開始了。

我們三個都移動到社團攤位的內側坐鎮，進入販賣的態勢。

「難得有這種機會，如果有把cosplay的衣服帶來就好了。」

「啥？你突然講什麼蠢話啊？」

桐乃皺著眉頭，態度正如台詞地瞪了我。

我指著同人誌解釋說：

「沒有啦，妳想嘛，這本書最後面不是有我（&黑貓）的cosplay寫真專欄嗎？所以要是我在顧攤時也cosplay的話，我想銷量肯定會倍增的啦。」

「你白痴啊？哪有可能？應該說，你這種自信是從哪裡冒出來的啊？你有沒有好好照過鏡子？」

她的語氣非常平淡，就好像在講不言自明的道理那樣。

「妳……妳不是也說過，那樣的cosplay很適合我嗎？」

「嗯──是還算合適啦，可是這又不代表你cosplay之後就會變帥，懂了沒？」

「妳講得這麼狠喔。」

「或許你是cosplay過膽子就大起來了，還抱著『我該不會很帥吧？』之類的幻想──但我跟你說，那是錯覺。在物理上根本不可能啦。」

我好想一拳揍在她肚子上面～～！這個妹妹真的超讓人火大的。

「……妳講得太過分了。」

對淚眼盈眶的我伸出援手的是黑貓。

「……我覺得，學長cos的漆黑……很適合他……而且看起來也不錯。」

「黑貓！我就知道只有妳會懂！」

今天的黑貓真的是白貓耶！

「請你不要隨便碰我。」

我伸向黑貓肩膀的手，「啪」地一聲地被輕輕擋開了。

好冷淡啊。哎，雖然實際上，黑貓單純只是喜歡mascher a，才會支持我的cosplay就是了。

「……拿去，你把這個戴起來吧。」

黑貓遞給我的，是仿造mascher a的主角所戴的「mascher a（註：意指義大利文的「面具」）」製作出來的面具。那是用塑膠材質做的，感覺差不多就跟廟會賣的面具一樣。

「這是怎麼弄到的啊？」

「隔壁社團給我的。」

「喔，謝啦。」

說起來聚集在這一區的都是mascher a的二次創作社團嘛。

我斜斜地戴上接過手的面具。

「……果然……很合適呢。」

黑貓小聲地嘀咕。

或許是因為緊張的關係，才剛開場我就想跑廁所了，儘管被桐乃罵得臭頭，我還是拜託她們讓我離開了攤位。幸好廁所的隊伍排得不算長，十分鐘左右就可以回到攤位，不過這時候會場已經擠得水瀉不通了。在相當於客滿電車的人口密度中，連要回去自己的社團都必須吃一番苦頭。好熱好臭，走到哪裡都是人擠人，去年不想回憶起來的記憶，全都一口氣跑回來了。

對啊……那個時候，我明明認為自己絕對不會再來了。
一回到攤位，沙織便靦腆地出來迎接我。
「歡迎回來，京介氏。」
「喔——等一下，妳們是怎麼搞的？還戴著貓耳。」
「在下是覺得戴著這個顧攤的話，應該滿可愛的。才剛從那邊的社團買回來的喔。」
「嘿——感覺不錯嘛。」
不只沙織，站在一起的桐乃和黑貓也穿著便服戴上了貓耳。所有人都脫了鞋子把腳擱在地墊上，這好像是避免腳痛的小技巧。
黑貓注意到我，嘻嘻地笑了出來。
「哎呀，你回來啦。歡迎回來。」
「嗯嗯，我回來了。」
然後，我站到了黑貓旁邊。不知道是不是就只有桐乃沒發現我回來，她一直神情專注地瞪著前面。
「怎麼啦，桐乃——擺那種恐怖的臉。」
「啥？」
一臉超不爽的桐乃兇巴巴地回頭。她煩躁地嘖了一聲說：

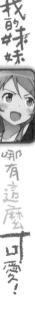

「從剛才就一本也賣不掉耶！怎麼回事嘛！」

「所以妳才在生氣啊？」

真是個急性子的傢伙。我們又不是有名的社團，哪有可能大賣特賣啊？

「不是因為妳擺一副可怕的表情的關係嗎？」

「姆……」

她似乎也知道吼我會有反效果。桐乃不甘願地噤聲了。

黑貓溫柔地出了聲：

「每次都是這樣的，妳冷靜點。」

「可是……」

「所以我才說嘛，沒必要印那麼多本。」

沒錯。在決定同人誌要印幾本時，桐乃曾經——

「要印多少？一萬本左右嗎？」

她自然而然地便講出這種大話。一天之內哪可能銷掉那麼多啊？

當桐乃聽到黑貓估計只印五十本的時候，她還是擺著大作家的架子，認為說「你們是白痴嗎？以為本姑娘是誰啊？一瞬間就會賣完的啦」。

狀況揭曉後就是這樣。連想賣出去一本都超費力的。

即使購買欲會因為祭典而高漲，但為了買同人誌而來的入場者就算擠在熱得要死的人群中，目光仍是相當嚴厲。雖然他們還不至於說出「我們可不是來玩的！」這種話，但是這群人全都認真地在玩，可不能小看他們。

沙織也婉轉地勸了桐乃：

「小桐桐氏，妳就當成跟釣魚一樣，放寬心把眼光看遠一點吧。」

「姆——」

桐乃一副不滿的樣子。這傢伙絕對不適合去做釣魚那種活動。

不過老實說，就算心裡一面講著這些，我也挺坐立不安的就是了。

畢竟如果我們是第一次出同人誌，也是第一次拿自己製作的作品給熟人以外的人看，當然也是第一次賣書囉。

這樣任誰都會緊張得心臟亂跳啦。

「啊。」

我對桐乃的聲音起了反應，從思緒中回神過來，看到有人將目光停到了我們的同人誌上。

「這個可以讓我翻翻看嗎？」

「好……好的……請。」

黑貓遞了一本本子出去後，那個人就說了聲「謝謝」，開始翻起書頁。

「姆。」、「……」、「……喔。」

我咕嚕一聲吞下口水，凝視起對方。

啪、啪……我們的同人誌，第一次被別人用手一頁一頁地翻了過去。

真讓人緊張……好啦，會有什麼結果呢……？他會買，還是不買……？

啪、啪……

「噗！」

看的人笑出來了。然後他睜圓眼睛，驚訝地看了我。

怎樣？這是什麼意思？

在不解地偏過頭的我面前，他說了句「謝謝」把書擺下，沒買就走了……可惡……這樣真讓人洩氣。

「……為什麼會這樣呢？」

「就說吧～～剛才那個人絕對是翻到你cosplay的那幾頁，然後就被你嚇跑啦～」

貓耳桐乃半發飆地望著我。

「咦咦？是我害的喔？」

「絕對是這樣。不會錯。」

「哪有這種事啊？」

我拿起一本大家製作的同人誌，確認了我cos漆黑的那幾頁。

翻翻翻翻翻。

「不……不管怎麼看都拍得很棒吧？因為妳挑毛病的關係，我還特地跟遊研借了Photoshop把我的臉修帥一點耶。」

「就是因為修得太爛，看起來反而更噁心！你打光打過頭了！還有這是哪一招？同一張照片上面居然會有兩個你！」

「哼，妳不知道嗎，桐乃？mascheraa第二季的最終首領和主角長得一樣。這張照片正是利用Photoshop重現了那個畫面的作品啦。」

「……唔嗯……這……這傢伙沒救了啦……根本就陶醉在自己的世界……」

「要講的話，妳那幾頁小說不是都被他略過了嗎？」

沒禮貌。

「唔咕……！」

當我們在攤位裡的角落爭論起來的時候，沙織拉了我們兩個的袖子。

「你們兩個……看那邊，看那邊。」

「咦？」

我和桐乃一起轉過頭——

「……謝……謝謝……惠顧。」

黑貓收下錢，正用雙手把同人誌遞給客人。

我們做的同人誌——第一次賣給別人了。

「…………………嘿。」

「………………呵呵。」

我和桐乃的嘴角，都自然而然地冒出了笑意。沙織也緊緊地抱住我們說：

「賣出去了呢。」

「嗯……嗯嗯。」

「……說……說什麼啊？只……只不過賣掉一本而已，你們高興過頭了啦。想到《妹空》都賣了幾萬部……」

這時黑貓回過頭，把五百圓硬幣交給了桐乃。

「來，妳拿去。」

「咦？為……為什麼？」

「沒事，沒什麼特別的意義。等一下請妳擺進裝收入的盒子裡。」

讓桐乃用手握住硬幣以後，黑貓便若無其事地轉回前面了。

桐乃把五百圓捏在手裡，從各種角度觀察了一陣——

「嘿嘿。」

她現出心滿意足的微笑。

「一滴一滴地」這種形容方式，正好可以用來形容我們本子賣出的速度。即使如此，到了接近中午的時候，庫存也已經消化掉三分之一了。

話說回來真的好熱。太熱了……

「……今年是不是比去年還熱啊？」

在我嘀咕時，黑貓朝我遞來寶礦力。

「……來，學長。」

「喔……謝啦——好冰！」

剛從保冷箱拿出來的寶礦力十分冰涼，喝下一口後，爽快感便通過喉嚨。我咕嚕咕嚕地又灌了兩口。

看到我這副模樣，黑貓嘻嘻笑出了聲音：

「……真是個傻瓜。」

「差不多可以吃中餐了吧？」

沙織這麼提起。的確，潤完喉嚨之後肚子跟著就餓了。

「也對。」

桐乃也點了頭。

「我去買些東西回來好了。妳們想吃什麼？」

就在我準備去買東西時，「高坂學長——」有道耳熟的聲音這樣叫了我。順著人潮走過來的是——

「喔，是瀨菜嘛。」

赤城瀨菜。她是遊戲研究會的成員，昨天也有以社團參加者的名義和我一起來comike。除了平時那副眼鏡之外，她穿著貼身的T恤跟牛仔褲，還戴了一頂時髦的鴨舌帽。

由於瀨菜的胸部很大，流汗透出來的胸罩線條便讓人在意得不得了。為了不讓眼睛亂瞄亂盯，我光是把視線固定在正前方就費盡了力氣。

「午安！今天也好熱喔～人潮也超擠的！糟糕透頂～」

「對妳來說應該特別難受吧？畢竟妳愛乾淨嘛。」

這傢伙有滿嚴重的潔癖，最討厭髒東西。

她還真能跑來這種又熱又臭的活動。

「是啊……雖然說真的很難受……但我會妄想在會場擠來擠去的男人們其實都是相愛的，靠這樣勉強就能撐過去了。」

「哈哈哈，妳還是一樣腦包。」

「耶嘿嘿。」

我沒有在誇獎妳。會場的熱氣好像讓瀨菜的笨腦袋變得更奇怪了。也許是因為周圍全都是阿宅，所以她根本沒必要隱藏自己的性癖好吧？

走到我旁邊的黑貓也出來迎接同學了。

「……妳來啦。」

「嗯，因為我聽說你們今天也是參加社團嘛，所以算是來勞軍囉。順帶一提，其他社員也有來唷。」

瀨菜朝旁邊一指——

「你們好，高坂學長、五更同學。」

「哈囉——辛苦啦——」

兩手提著印有角色圖樣的特大號紙袋的真壁學弟和社長出現了。從瀨菜兩手空空這一點來看，她大概是把東西都交給男生拿了吧。

「你們也辛苦了，社長——你買的還真多耶。」

「呀哈哈，還好啦。」

社長自豪地舉起紙袋，上面畫著穿泳裝的成人遊戲女主角。

他八成打算提著那種丟臉的紙袋，搭電車回家……吧。

哎，至少不是裸體的圖案就好。

「社長，其他男生也有來嗎？」

「嗯！他們都成了我的感應砲，現在應該各自展開著激烈的戰鬥吧！」

「……啊——」

所謂的感應砲呢，簡單來說就是為了更有效率地買到同人誌，而組成隊伍一起參加comike的那些人。這是沙織在去年夏Comi教我的知識。

我變得越來越懂阿宅的術語了。

當我和社長聊起來的時候，習慣社交的沙織也迅速靠了過來。

「京介氏，這幾位是？」

「喔，我來介紹。他們是和我同一間學校的遊戲研究會社員——」

「我叫三浦。」、「妳好，我是真壁。」、「初次見面，我是赤城。」

三個人各自打了招呼。沙織也笑容可掬地回應：

「你們真客氣。在下名叫沙織‧巴吉納！」

「沙……沙織？」

「巴吉納？」

真壁學弟還有社長都吃了一驚。我懂那種心情，像我第一次聽沙織報上名字的時候，也忍不住把嘴巴裡的水噴了出來。

「這名字真特殊呢，是妳在網路上使用的名稱……嗎？」

瀨菜也睜大了眼睛問。沙織挺起胸膛這麼回答：

「呵呵，現在的在下是沙織・巴吉納上尉，不是少校也不是中尉唷。」

原來妳是上尉啊？

「是……是喔。」

瀨菜似乎不知道該怎麼應對。

「喂，真壁，這位大姊的講話方式真夠扯的。」

「噓，會被聽到啦……！這樣很失禮吧？」

就算挨了真壁罵，社長看來也不在意。

「既然有巴吉納，那還有卡斯巴爾或阿茲那布爾嗎？」

「當然有啊。」

有喔？

對她來說，究竟哪個是卡斯巴爾，哪個又是阿茲那布爾呢……？

說不定還有我不認識的人格呢。

「真壁氏、赤城氏、還有三浦氏……在下可以這樣稱呼你們嗎？」

「嗯，不要緊。」真壁這樣回答。「叫我『瀨菜』就好了啦。」瀨菜說。

社長也露出虎牙說：「喔，隨便妳叫吧，小沙織。」

不愧是社長，面對塊頭這麼大的女生，第一次見面就在人家名字前面加個「小」。

「那在下就接受各位的好意囉。三浦氏，京介氏和黑貓氏常常提到你們呢。」

「我也是啊。高坂和五更會參加遊研，聽說就是妳提議的對吧？我一直想找個機會跟妳道謝呢。」

「哪裡哪裡，雖然在下不記得有做過什麼值得道謝的事……平時都是受黑貓氏和京介氏照顧哪。在下也很希望能一見閣下的尊顏呢。」

「哈哈哈，妳講話的方式真夠奇怪的。」

「哈哈，別人常會這樣講。」

沙織和社長朝彼此大聲笑了起來。

這兩個人滿合的呢。畢竟都是重度阿宅，也是團體裡的領袖，或許在想法上會有什麼相通的部分吧。

呼嗯……話說回來，這應該是「遊戲研究會」和「宅女集合！」的首度接觸吧？

我參加的兩個阿宅團體第一次聚在一起呢。

或許這都要歸功於comike——全國阿宅齊聚的祭典吧。

常為人著想的真壁學弟舉起了塑膠袋。

「我有帶補給品過來喔。東西很多，請你們自己挑吧。」

「喔，謝啦。」

「學長學長，我跟你說喔。」

這次又換瀨菜興沖沖地朝我開口。

「怎樣啦？」

「剛才在cosplay廣場那裡，有個超帥的人耶！」

「超帥的人？」

「是啊！他是穿『Judas Emblem』的制服做cosplay，而且那跟他有夠搭的！」

她提到的大概是哪部動畫的名稱吧。

聽見瀨菜那完全像個粉絲的台詞之後，真壁便插嘴說道：

「那個不是穿男裝的女生嗎？」

「真壁學長你太嫩了！嫩到不行！只看一眼確實會覺得是那樣，但是他瞞不過我的眼力的！那種體格肯定是男生。」

瀨菜的眼鏡頓時亮了起來。

這樣說起來，這傢伙好像還有個「魔眼使者」的綽號。
話雖如此，我也不是特別有興趣。
「喔，有那樣的人啊。」
「是啊，待會高坂學長也絕對要去看一下才對啦！」
我並不想看長得帥的男生。這傢伙是有多想讓我當同性戀啊？
「呃，不用了。」
「不要這麼說嘛，一眼就夠了，還是看一下比較好唷。嗯——我想想喔，那個人個子滿嬌小的。要是真壁學長美形個一．八倍，再去掉阿宅的噁心感，然後腳變長的話或許就有點像了。」
「那樣我身上的零件根本一點也不剩了吧？」
等於是全套都換掉嘛。
也難怪真壁會抓狂——我才剛剛這樣想。
「啊，對不起啦，真壁學長～」
「唉……受不了妳……是沒關係啦。」
只是被女生笑嘻嘻地用可愛的模樣雙手合十賠罪，真壁就原諒對方了。
男生真的很沒用耶。

講真的——這兩個人該不會在交往吧？

明明距離H場景已經開始在倒數了，要是插在瀨菜身上的旗子在這種時候消失掉，對我來講可就太遺憾了。

唉，就算這些話有一半是開玩笑，赤城那傢伙對於「瀨菜疑似交了男朋友」這件事還是亂在意一把的……其實我也會在意。

「話說回來，五更妳今天還真可愛呢。」

真壁自然地換了話題。

在我旁邊的黑貓「？」地偏了頭。

「……你是指這套衣服嗎？」

「衣服也是啦，不過感覺妳好像比平常開朗耶。」

「啊——學長你在把妹！」

「不……不是啦！」

被瀨菜這樣在旁邊鬧，真壁慌成了一團。

「都已經有社長了，你這樣不行唷。」

「而且妳居然是為了這種理由生氣！」

對真壁來說，應該會希望被瀨菜嫉妒吧。

結果瀨菜對男生的這種心理一點都不懂，只收斂了開玩笑的口氣，聲音溫和地說道：

「不過，今天的五更看起來確實很開心呢。果然是因為comike的關係吧？」

「……我跟平常一樣啊。」

囁嚅完，黑貓別開了目光。她看起來像是面無表情，但確實流露內心的感情了。

看來真壁和瀨菜，也都慢慢了解這傢伙了。

要說到我有什麼感覺，是會覺得開心，也會感到寂寞。

沒錯。雖然我剛才把這形容成白貓模式，不過黑貓大概已經——

這時，黑貓拉了拉我的袖子。

「咦？」

「…………」

我和黑貓對上目光。她靜靜地沒有出聲，像是想說什麼地望著我。

幾秒鐘以前她明明還那麼高興——現在卻露出了感傷的臉，彷彿很沮喪、也彷彿很困擾。

黑貓的視線悄悄地從我臉上別開。她的視線，落在桐乃身上。

「…………」

桐乃加不進我們的話題，顯得無事可做。

像是為了掩飾自己的無聊，她玩著手上的iPhone。

這樣的光景，簡直像是重現了她第一次參加網聚的情形。

而且，連當時和桐乃一樣是「落單一族」的黑貓，現在都已經交到了她不認識的朋友，還跟別人聊得很開心。在桐乃看來……心裡應該很不是滋味吧？

真是的……為什麼這傢伙平常那麼會做公關，在阿宅的團體裡面就變得怕生了？

「桐乃。」

我來到孤單地站在一旁的妹妹身邊，朝她的頭一掌拍了下去。

「好痛……你……你幹嘛啊？」

「還不是因為妳一臉無精打采的。妳也過來啦，我幫妳介紹大家。」

「……不用了。」

桐乃悶著一張臉拒絕了。

「為什麼不用？」

「因為……他們……是你學校社團的朋友吧？跟我又沒有關係。」

鬧脾氣的桐乃把目光轉到了正在和瀨菜他們講話的黑貓身上。

的確，黑貓和社團朋友聊天的模樣，看起來相當幸福——要插話並不容易，而桐乃會有不想多打擾的念頭，我也可以理解。

可是啊，桐乃……

妳跟他們可不一樣啊。

畢竟黑貓今天會顯得那麼開心……我覺得，一定是因為妳的關係啊。

將視線轉回攤位後，可以看到瀨菜正在和黑貓講話。

「啊，對了，五更同學。」

瀨菜遞了一本同人誌過來。

「這是妳之前要我買的社團新刊。雖然他們是牆壁社團，不過一樣在東館，我還是設法買到了。」

「……謝謝。」

黑貓收下的同人誌並不是mascheraの本子，而是梅露露本。

「好意外喔，我一直以為妳會討厭這種幼稚的東西。」

「……沒有，其實……這不是我自己要的——」

黑貓猶豫了一會，才看向我和桐乃這裡。

「——我是想送給朋友，才託妳買的。」

聽到這句台詞的瞬間，桐乃眼睛睜得大大的。

瀨菜也一樣睜大了雙眼說：

「五……五更同學除了我以外還有其他朋友嗎？」

妳驚訝的是這個喔！雖然會嚇到也是可以理解啦，但妳不要講出來啊！

「有啊，難道不行嗎？」

儘管說錯話的瀨菜讓黑貓很火，她還是傲然地反問回去。

然後黑貓悄悄將同人誌遞給了桐乃。

「……這給妳。」

這台詞我好像在哪裡聽過。

……啊啊，對喔。這和她……一年前講的台詞是一樣的。那時候黑貓為了送那片妹钂的限定光碟給桐乃，曾經努力贏了比賽。

而現在，這傢伙也是這麼地為我的妹妹著想。

「喂——她在叫妳耶。」

「…………」

我用了點力氣從桐乃背後推了一把，於是她往前踉蹌地踏出幾步，站到了黑貓面前。

兩個人對望幾秒後——

「……什麼嘛，妳不是曾經怨嘆過自己雖然很想要這本，可是這次沒空排隊嗎？所以我才會……找朋友幫忙買嘛……妳不需要了嗎？還是說，妳果然聽不懂人話？」

「我……我沒說不要啊……謝啦。」

小小聲地道謝過後，桐乃收下了梅露露的同人誌。

然後她望著梅露露的可愛插圖，陶陶然笑了出來。

她們的互動和一年前很像，卻又有一點不同。其中些微的差異是差在哪裡呢——光想這些應該很不識趣吧？

「我叫高坂桐乃，十五歲。呃——請你們多指教。」

桐乃用生疏的態度，急急忙忙地朝遊研的成員們點了頭。

「……嘿……嘿！妳是高坂學長的妹妹啊？」

「不會吧，長得一點都不像！好可愛——！」

看到沒有？這些傢伙的反應有多失禮！算啦，雖然我也已經習慣了。

瀨菜笑吟吟地朝桐乃搭話說：

「我可以直接叫妳桐乃嗎？」

「嗯，用妳喜歡的方式叫就好了。我也直接叫妳瀨菜好嗎？」

「當然囉。請多指教，桐乃。」

「我才是呢。請多指教，瀨菜。」

兩個人在表面上都是很會做公關的妹妹。

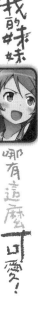

展現在我眼前的，是極為符合一般常識的初次見面場景。

我才剛這樣想，瀨菜馬上就在看見桐乃小心捧在手上的同人誌後，講了不該講的話。

「桐乃，妳喜歡梅露露嗎？」

**「超喜歡！那部動畫簡直是神作對吧？」**

桐乃整個人興奮得叫了出來。瀨菜那白癡！居然按下了不該按的開關……！

還有桐乃她那樣回答，簡直像是把莉亞跟瀨菜以前的梗加在一起用嘛。

啊——啊，變成這樣的話，我家的妹妹暫時是停不下來的。

我不管了。

「咦？高坂學長，你為什麼要走開呢？咦？」

「……唉，妳保重。」

為了不被捲進其中，我和瀨菜&桐乃拉開了距離。

順帶一提，目前沙織跟黑貓正在顧攤。

像這樣閒聊的時候，本子似乎還是有持續慢慢賣出去，照這個步調看來好像真的可以賣完。真是太好了。

某人在旁邊聊天的聲音就像機關槍似地，聽得到梅露露第三季的作畫水準之神怎樣怎樣，把那當成ＢＧＭ的我跟男生搭了話：

「哎，不好意思，我妹妹很吵。」

「啊哈哈……學長你妹很漂亮耶。而且居然還是重度動畫宅，嚇我一跳。」

真壁笑起來有些苦笑的意味。社長也把手交叉在胸前，守候著瀨菜的大危機。

「不過我們社團裡的人，有兄弟姊妹的還真多耶。」

「啊——這麼說來，真壁是不是有個姊姊啊？」

「嗯，是啊……」

不知道為什麼，跟真壁聊起姊姊的話題時，他的臉變得沒什麼精神。

「怎麼了？你跟你姊在吵架之類的嗎？」

「哎，差不多啦。」

高坂兄妹也好，赤城兄妹也好，真壁姊弟也好……每個人家裡都有些狀況呢。

「這樣啊……方便的話就跟我們說看看吧。這種事啊，光是說出來心情就會變輕鬆。」

這個學弟也幫了不少忙，所以我也希望能夠為他盡點力。

「不過……這樣好嗎？」

「可以的啦。再怎麼說，我對兄妹之間的問題都已經見怪不怪了，雖然不聽也不知道，但說不定我也可以建議些什麼。」

「這是個好機會不是嗎？你跟我們講看看吧，真壁。」

社長也笑瞇瞇地催促。真壁噘著嘴抱怨了一句「社長你這個罪魁禍首沒資格這樣講啦」，然後才重新帶起話題。

「其實……之前我跟社長借的那款攻略親姊姊的成人遊戲『和姊姊♡一起嘿咻吧♪』，被我姊發現了。」

你講的這個煩惱不是開玩笑的！

「真……真的嗎？」

「真的。」

真壁臉色認真地咕噥。

這什麼狀況啊！弟弟被姊姊發現在玩姊系的成人遊戲——根本是我們家性別對調過後的版本嘛！

「結果……怎麼樣了？」

「幸好我姊好像還沒有跟任何人說這件事，至少躲掉了開家庭會議的下場……可是從那以後，我姊每次看到我，就會紅著臉把視線轉開。」

講著講著，真壁好像都快要哭出來了。那可不是一句尷尬就能說得盡的。

這時社長卻又講了不該講的話。

「那樣不是已經插旗了嗎？」

「我……我姊又不是成人遊戲的女主角！」

也對啦。

針對真壁家裡有真實姊姊的狀況，我跟社長做了一點說明。

「社長，我先跟你講喔。」

「喔，怎樣，高坂？」

「有血緣的異性兄妹臉紅的時候，跟插旗什麼的並沒有關係，那單純只是覺得『噁心』而已。拜託你不要把二次元跟三次元扯在一起——對吧，真壁？」

「…………話是沒有錯啦，但我的心好像已經被學長的話給完全粉碎了。」

對不起啦。

「喂，高坂，真壁都洩氣成這樣了，你就給他一個有用的建議吧。」

「你說建議……啊？」

嗯——可是我跟桐乃的情況，和真壁家正好完全相反……

修復兄弟姊妹間關係的方法嗎……？

「好，那我把珍藏的策略傳授給你。」

「咦？學長，是……是什麼策略？」

「讓我回憶一下。首先呢——你要在半夜溜進你姊房間，騎到她身上，然後一巴掌把人打醒以後再跟她說『我想做人生諮詢』。」

「喂！」

「接著就要靠口才把你姊帶到你房間，將收藏的大量姊系成人遊戲展示給她看，再問她說『我喜歡這種東西……很奇怪嗎？』這樣所有事都會順利解決的。」

「那樣做的話，我的人生就完蛋了啦！」

真壁難得來了句火熱的吐槽。

居然連社長也對我的發言退避三舍。

「……呃，高坂，剛才那些話就算當玩笑都很糟喔。」

「這是我從實際經驗想出來的建議就是了……」

奇怪，問題在我們家明明就是這樣順利解決的啊……

果然男女反過來就不妙了嗎？這世界真不公平。

看討論收不了尾，說道「拿你們沒辦法」的社長嘆了口氣：

「說起來你們都算是很幸運啦，少在那邊煩東煩西的。」

「很幸運？」、「……你是說，我們嗎？」

「嗯嗯。」

社長大方點頭。

「雖然我家也有那種叫做妹妹的生物，但她囂張得不得了，老是把我當笨蛋。當尼特族就算了還不做家事，又愛亂花錢，而且長相給人的感覺就像戶愚呂（妹）耶。」

這段發言衝擊性太強，使得我和真壁都發不出聲音。

講出「可是啊」的社長頓了一拍又繼續說：

「就算這樣，到最後我們還是沒辦法徹底討厭彼此，所以我想你們家一定也不要緊的。真壁，你只要好好跟你姊道歉，她還是會原諒你的啦，我可以保證。因為你的家人不可能會那麼糟啦。」

「社長……說的也對，我會試著好好跟她道歉的。」

真壁欽佩地點起頭。

雖然社長用完美的建議做了漂亮的總結——

但基本上不就是這個人借了姊系成人遊戲給真壁，才會鑄下大錯嗎？

借來玩的人自己也要負責就是了。

我無奈地聳了聳肩膀。

就在這時候，女生們的對話傳進了我的耳朵。

「喔，那小瀨瀨也有哥哥囉？」

「啊哈哈，雖然我們現在算在吵架中啦。」

之前還是桐乃單方面在聊動畫，現在話題已經完全換掉了，妙的是她們對話的內容似乎與我們很類似。我不禁豎著耳朵聽了起來。

小瀨瀨是在叫誰啊？瀨菜嗎？

「我沒辦法講得太詳細，不過之前我那個笨哥哥做了一件差勁透頂的事——雖然他是個超級妹控，我也拿他沒辦法，但我還是不能簡簡單單就原諒他。」

「是喔～我能懂妳的心情。其實我家那隻也是超變態的，有夠傷腦筋。像上次我陪他走在街上——他還問我說『妳不勾著我的手嗎？』妳不覺得很扯嗎？」

「咦～好討厭喔～啊哈哈，看來我們都很辛苦嘛——桐乃。」

「就是啊就是啊，感覺很受不了吧——我覺得小瀨瀨好像自己人喔。」

這兩個傢伙是怎麼搞的？我眼睛才離開一下就這麼要好了。

而且聊起來的時候一點都不顧忌，別講哥哥的壞話講得這麼開心行不行？

「算啦，我家的笨哥哥好像也已經在反省了。再說我沒收他的手機以後，有看過裡面的簡訊——所以我是知道他為什麼會那樣做啦。」

嘖，簡訊是指我之前跟赤城傳的那些嗎？

糟糕——要是被桐乃知道我跟那件事有關係……應該……不要緊吧？

照理說，我也沒傳什麼有問題的內容。

「是為什麼？我可以問嗎？」

「嗯——也沒什麼大不了的啦，之前我跟那個笨哥哥吵架的時候，騙他說『我有男朋友了』——結果這好像就是原因耶。」

「————」

你們聽到了吧？

瀨菜說自己有男朋友——是騙人的。

「然後那個笨哥哥就慌了——他似乎就是因為這樣才會鬼迷心竅。」

「是……是喔……順……順便問一下……小瀨瀨妳為什麼會說出那種話啊？」

「誰叫那時候我太生氣了——」

不知道瀨菜是不是在回想當時的狀況（就是這傢伙的哥哥買了一份跟妹妹長得一模一樣的love doll型錄那件事），她氣得把手交叉在胸前，像是在強調自己的胸部一樣。

「——所以我才想，要是我說我有男朋友，那個笨哥哥會露出什麼表情呢……」

瀨菜惡作劇的心理就是這樣發芽的。

聽到她這些話，桐乃頻頻點頭認同說：

「我懂！妳說的這個我懂耶～」

「真的嗎？」

「嗯！就是嘛！就是會有這種情況啊！因為一時很氣，不小心就講出跟內心完全相反的話了。」

「對啊！就是那樣啦！桐乃妳好厲害——為什麼妳會這麼懂我的心情啊！」

「咦～為什麼嗎？畢竟我們都是『妹妹』，而且又合得來的關係吧～」

「嗯嗯，嗯嗯——我也這樣覺得！下次我們來互相介紹想推薦的書或遊戲吧！」

「好耶！來交流吧來交流吧！」

根本是臭味相投嘛。

還有瀨菜，拜託妳不要把腐敗的興趣傳染給我家妹妹好嗎？

「呃，結果那件事情——小瀨瀨是打算怎麼辦？」

「嗯……我是覺得，那個笨哥哥也是因為太喜歡我才會做出蠢事啦，感覺我好像也不能生太大的氣……應該說，我好像也有一點點高興……」

赤城（妹）「耶嘿嘿」地害羞起來，露出了笑容。

瀨菜這傢伙，又讓我確認到她有多兄控了。

正常來想，打開衣櫃時看到自己哥哥從裡面冒出來的話，只能當場把他宰掉吧？

哪可能放他一條生路啊？

「所以，我是想買個禮物回去……因為差不多也可以原諒他了啦。」

我懂。反正妳說的禮物，八成就是今天買的ＢＬ同人誌對吧？

收到腐女妹妹的禮物時，赤城那傢伙究竟會擺出什麼臉啊……？

我想他肯定會用一副快哭的臉笑給他妹看。

嗯嗯——原來是這樣啊。

瀨菜是跟哥哥起了口角，才會講出「我有男朋友」這種謊話的嗎？

那大概是「妹妹」希望「哥哥」多在乎自己——才不小心講出的台詞吧？

嗯嗯……

原來是這樣啊。

那實在——太好了。

我們的同人誌是在過了下午兩點，遊研社員離開之後賣完的。

「哎呀～可喜可賀！漂亮完售了耶！」

「……嗯，總之能全部賣完就好。」

和坦然表示開心的沙織互為對照，桐乃似乎顯得有點不滿意。既然自己也有參加，本子應該可以賣得更多的——我看她心裡還是留了一點這種詭異的自信。

站在我身旁的黑貓仰望著我，露出了微笑。

「……沒想到，居然能夠完售……」

這時桐乃插了嘴：

「意思是說上次有賣剩囉？」

「嗯……雖然我自己一直賣到閉場為止，還是有九成以上沒賣掉，最後我的冬Comi就那樣結束了。我也捨不得花運送費，賣剩的同人誌都是用手推車帶回去的。那些本子現在都還仔細地收藏在我房間的壁櫥裡。」

「…………是……是這樣喔……」

聽完這些，就連桐乃也不敢亂虧人。

黑貓曾經一個人參加comike，但是同人誌卻都賣不出去，只能孤單地杵在社團的攤位上……一想像她那種模樣……我就心痛得快死掉了？

而且上次的冬Comi……黑貓其實是想跟桐乃一起參加的吧？

就算是我妹，聽完這些還敢虧黑貓的話，我也會扁人。

「呵呵，今天賣了好多本……好高興……都是靠大家幫忙。」

黑貓一臉滿足地把「完售」的紙條貼到桌上。

「……有灰塵……跑進在下的眼睛了……」

看到黑貓堅強開心的模樣，沙織用手帕擦起了眼角。

我也對感動得肩膀發抖的黑貓講了一句慰勞的話：

「……有機會再一起來吧。」

「…………嗯。」

和我邀黑貓參加夏Comi時完全一樣，她回答得很直率。

幸好距離閉場還有些時間，儘管晚了滿久的，但我們也去繞了一圈跟其他社團打招呼。

我依序逛了沙織認識的幾個社團，也有和對方簡單聊幾句。以前我對這種互動根本沒有興趣，現在多少有一點了。

具體來說，其中也有人在我玩過的成人遊戲裡擔任插畫。

碰到這種狀況，就算是我也會「喔？」地感到意外嘛。

在牆壁社團當中，我也跟意想不到的人再次碰了面。

對方是我一年前在夏Comi遇到的那個女僕，也是我第一次買的成年同人誌的作者。

上次遇見的時候，我記得她還是島中（牆壁以外的社團區塊）的一分子，不過她似乎是在上一場冬Comi裡爆紅，現在已經成長為牆壁社團了。

而且對方竟然也記得我和桐乃，當我們經過他們社團旁邊時——

「那邊那個帥氣的大哥！呵呵呵，好久不見呢～」

我居然被叫住了。也因為對方是我不擅長應付的類型，我便畏畏縮縮地答道：

「啊——妳好……虧妳還能記得我呢。」

「這是當然的啦～因為都是靠你們兄妹，我的社團才變得有人氣的嘛～啊，這是我新出的近親相姦ＳＭ本，不嫌棄的話——」

「不……不用不用不用了！我們趕時間，不好意思！」

誰敢收那種危險的東西啊！

基於某個理由，我是打算迅速閃人，但我那個笨蛋妹妹卻被拉客的女僕拐到了。

「嘿嘿！我聽說是妹系的本子就拿了一本！你不覺得封面上這個可愛的女生跟本姑娘滿像的嗎？」

問得好，因為模特兒就是妳。

可惡！那個色胚女僕！

我是有聽到傳聞，沒想到她真的拿我們當模特兒畫了成年同人誌！

雖然發生過這種風波，我們還是平安打完了招呼，移動到企業攤位區時也有路過cosplay廣場。和上次夏Comi一樣，我們參觀了廣場，可是並沒有看見瀨菜之前提過的那個「帥哥」。

桐乃和黑貓欣賞cosplay時都相當興奮。但由於企業攤位舉辦活動的時間已經快到了，所以我們也沒辦法待得像上次那麼久就是了。

我逛得很愉快。

一群人來到企業攤位區。在comike會場中，這個地方是格外光鮮亮麗的一角，到處都有舉辦脫口秀，也有播放遊戲新作和動畫的ＰＶ，氣氛非常熱鬧。

這個地方同時也可以切身感覺到，同人與企業到底有什麼差異。

在這樣的企業攤位區裡，架設了一座規模特別大的舞台——

「星塵☆小魔女梅露露！馬上就要開始囉~~~~♪」

大螢幕上正在播放梅露露第三季的開頭動畫。

「安全上壘——！時間算得剛剛好！」

仰望舞台的桐乃開朗地叫出聲音。

「妳從之前就一直說想看這個嘛。」

「……呀哈哈，有趕上真的太好了。」

我和沙織望著眼睛發亮的桐乃，露出了苦笑。

「……受不了。」

黑貓也溫柔地咕噥出來。

舞台的氣氛被一口氣炒熱，我們都看著上頭。

去年……沙織這樣說過——comike始終是由阿宅聚集在一起，讓每個人能夠主動享受樂趣的祭典。

大家可以一起製作本子，一起參加活動，一起炒熱氣氛。

用這種方式來共享樂趣。

這裡提到的「大家」，並不是只有我、桐乃、黑貓和沙織而已。

而是現場包括工作人員在內的所有人。

我在無意間感覺到——這就是沙織想說的。

第二次參加我才終於了解到。

明明第一次參加的感想那麼糟，現在我卻不覺得自己是局外人，這大概是因為我也成了這個圈子的人的關係吧。

啊啊，所以我就認了吧。

「……偶爾像這樣來一次，也不錯嘛。」

事到如今還在說什麼蠢話啊？妹妹這樣罵了我一句。

第四章

梅露露的舞台秀結束了，就在大家想著接下來要做什麼的時候——

「我發現一張好像在哪看過的社團插圖耶。」

翻著場刊的桐乃突然這麼提起。

我從旁邊瞄了一眼問：

「哪一張？」

「這張。」

桐乃指著某個叫做「ＥＢＳ」的社團的插圖，那是一張字型設計得宛如藝人簽名的文字圖樣。因為寫得很潦草，我根本看不出是什麼字。

雖然那個詞裡面似乎包含了「Ｅ」、「Ｂ」、「Ｓ」三個字母……

「我沒什麼印象就是了。」

「嗯……可是，我總覺得在哪裡看過……」

嘟起下唇的桐乃苦思著。我也不是不懂這種一旦在意起來，就會想追根究柢的心情。就是會有這種時候嘛。

「妳看這個……有沒有想到什麼？」

雖然桐乃也問了黑貓——

「……我不知道。」黑貓卻這樣搖搖頭。

「是喔……怎麼搞的嘛……明明都快想到的說——」

「呼嗯，這很像『ETERNAL』的商標呢。」

沙織瞄了一眼說。

「啊！就是那個！」

桐乃抓著場刊的手更用力了。

「唔哇，妳這樣一講就覺得超像的！」

「ETERNAL是什麼？」

我問了桐乃，結果得到的回答是「ETERNAL就是ETERNAL嘛」，根本算不上答案。

沙織豎起一根手指為我說明：

「京介氏，ETERNAL是國外的高級化妝品廠牌唷。」

「啊，我才想說好像在哪裡聽過……」

記得之前沙織寄同人誌過來的時候，就是用那個廠牌的紙箱裝的嘛。

那時候桐乃好像還說過「這個即使是我也很難弄到手呢！」最後卻是白高興一場。

我抱著疑惑歪著頭。再一次瞥了場刊的那一頁之後，問道：

「可是，為什麼國外的化妝品廠牌會來日本的comike西館報名社團啊？」

「呃……在下覺得，再怎樣也只是巧合吧……這個叫『ＥＢＳ』的社團用的插圖，應該只是剛好跟ETERNAL的商標類似而已。」

「他們好像是賣銀飾的社團耶。感覺滿有意思的，我們去看看好不好？」

事情便這麼決定了。

我們從企業攤位區下了樓，準備去西館逛，順便看看ＥＢＳ的攤位。

會場還是一樣悶熱，我穿的內衣溼漉漉地都是汗。

嗚嗚……好想趕快回去沖個澡。

哎，接近三點以後，心情和人潮似乎都有改善了。

我實在累積了不少疲勞，不過——

「喔！發現光之美少女本！」

……這傢伙還真有精神。

桐乃就像個參加廟會的小鬼頭，在有興趣的攤位之間到處晃來晃去，原先的目的不知道都被她甩到哪裡了。

這時候，沙織「喔」地叫出一聲。

「之前瀨菜提過的『帥氣cosplayer』，該不會就是那一位吧？」

「什麼？」

朝她指的方向看過去，可以發現，那個社團是由某位穿著華麗制服的cosplayer一個人在顧攤。

「……嘿，那是『Judas Emblem』主角的服裝嘛……做工真好。」

這麼說著的黑貓對衣服的完成度頻頻表示佩服。身為自己動手做衣服的cosplayer，她好像很有感觸。

「要去看看嗎？」

「也好啊。」

說起來這種輕鬆逛街的氣氛，或許確實是和廟會很像。

桐乃還在看其他社團的同人誌，沒有加入我們的對話。算了，反正她很快就會自己注意到，等一下就會湊過來吧。

沙織一邊看著comike的地圖一邊說道：

「話說回來，我們要找的『ＥＢＳ』就是這個社團吧？」

「真的嗎？」

這樣一看，他們賣的似乎是銀飾品，攤位上聚集了幾個女生。我再瞄了一下沙織手上的地圖，果然這裡就是「ＥＢＳ」的攤位。

還真是奇妙的巧合。

「請隨意看看。」

那位店員開口招呼了我們這幾個來閒晃的客人。

喔，這個女生滿可愛的嘛——就在我暗自高興的瞬間，身體裡的感應器卻「嗶嗶嗶」地發出了警告聲。

**「是啊！他是穿『Judas Emblem』的制服做cosplay，而且那跟他有夠搭的！」**

**「但是他瞞不過我的眼力的！那種體格肯定是男生。」**

大概是因為瀨菜的→這些台詞，還留在我腦海裡的關係吧。

難……難道說……

我一邊擦著冷汗，一邊確認了對方的喉嚨，結果那上面清清楚楚地長著喉結。

唔喔喔喔喔——好險！我差點就對男人心動了！

「怎麼了嗎？」

店員（男）不解地偏了頭問。

「沒……沒事……對了，你……上午有去cosplay廣場嗎？」

「有啊。啊，我們該不會是在那時候見過吧？不好意思，我沒有記住你的臉。」

「啊啊，沒有啦。我自己沒有去，而是我朋友——跟我提過你的事情。」

「這樣啊。」

看到我慌亂的模樣，對方還是用正氣凜然的語氣做回應。雖然黑貓也是這樣，不過他在這種熱死人的天氣還幾乎沒流汗，真不知道該說是恐怖或者奇怪。

這傢伙給人的感覺就像偶像。

他是個體格偏嬌小的美型男。原來如此，外表就跟瀨菜形容的一樣呢。

「之前我是託認識的人幫忙顧攤，才有辦法去cosplay廣場。」

「你喜歡cosplay啊？」

「是啊，非常喜歡！」

對方眼睛發亮地握緊拳頭，全面做出肯定。

他指著我斜斜戴在頭上的面具，親切地露出笑容說：

「我們一樣呢。」

「嗯……啊啊，也是啦。」

即使只是戴著這樣一張面具，我們也算cosplay的伙伴，同時也是參加相同活動的同志。

不過這傢伙還真健談。明明是初次見面，我對他卻有一種親切感，八成是因為大家都是一丘之貉的關係吧。

開心地望著商品的女生朝他開了口：

「呃——請給我一個這個。」

「謝謝惠顧！一個五百圓！」

於是，兩邊就拿錢和商品做起交易了。

那個女生將美人魚造型的吊飾放在手掌上，一臉陶醉的樣子。

「哇，好漂亮喔。這是你自己做的嗎？」

「是的，沒有錯。」

「看起來很貴的樣子耶……真的五百圓就好了嗎？」

「當然囉，因為我是為了帶來這裡賣才做的啊。」

「……我會珍惜的。」

那個女生溫柔地握著吊飾，帶著滿足的表情離開了。

謝謝妳囉——開口道謝的店員也笑瞇瞇地揮手目送她離去。

嗯——

就剛才的對話來看，這個社團似乎沒什麼賺錢的意思。我坦然地產生了好感，但不知道為什麼，沙織的樣子有點怪怪的。

「…………五百圓？」

她把圓滾滾眼鏡的鏡框一會兒調上，一會兒調下，細細玩味著擺在手上的銀飾品。

「怎麼了？」

「沒有……姆姆……讓在下稍微思考一下。」

講完這句，沙織又一臉嚴肅地沉默了。

另一方面，在我旁邊的黑貓則是把臉湊近了商品，興致盎然地盯著一直看。

我忍不住笑了出來：

「果然妳也喜歡這一類的東西嗎？」

「咦？」

似乎是被我的聲音嚇到了，黑貓抬頭猛眨起眼睛。

「是……是沒錯……啦。我並不討厭啊。」

看來黑貓在意的，是一條可以掛在脖子上的十字架鍊墜。或許那就是所謂的逆十字，鍊頭的方向正好跟普通的十字架相反。

原來如此，確實很像她會喜歡的飾品。

黑貓有些心急地摸著自己的衣服，掏出了錢包。

「……啊。」

不過她好像沒有零錢，指頭還擺在千圓鈔上，似乎猶豫著什麼。

我從自己的口袋拿了五百圓，代替她遞給店員。

「請給我這個。」

「…………」

黑貓茫然地仰望著我。我收下十字架，把那交給了黑貓。

「拿去吧。」

「……你……你什麼意思啊？」

「沒有啦，身上帶太多零錢的話，也很重吧？」

「……是喔。」

我的說詞好像可以讓黑貓接受，她乖乖地收下了。

這時候，看著我們互動的店員提了個主意：

「啊哈哈，難得有這種機會，你要不要幫她戴上去？」

講什麼蠢話。那樣做的話，不就像我買了禮物送女朋友嗎？

「不……不用啦。對吧？」

「…………」

遭到這種奇怪的誤解，我連忙看了黑貓的臉，結果不知道是不是因為尷尬的關係，她靜靜地望著我，一副想講些什麼的表情。

「……我臉上，沾了什麼嗎？」

「沒有。我只是在想一些事情……」

黑貓別開視線，低了頭。哎呀……讓她鬧彆扭了嗎？

「對了，京介氏，小桐桐氏到哪去了？」

沙織忽然問了一句。

「嗯？」

這麼說來，沒看到人耶。明明是那傢伙自己說想來的，跑哪裡去啦？

朝四周張望過以後，我簡簡單單就找到桐乃了。她離我們有點距離，表情緊張地站著沒有動。

是怎樣？

「喂，桐乃！妳在幹嘛啊？」

「！」

桐乃嚇得僵住了全身。事情發展到這裡，我背脊也冒上了一股寒意。

因為我有一種似曾相識的感覺。

剛好在一年前——

桐乃也有做過跟剛才一模一樣的反應，那個瞬間還深深地刻劃在我腦海裡。

而這股既視感再度變成了現實。

「咦，桐乃？」

從我背後，彷彿傳來了ＥＢＳ店員「哎呀？」的疑惑聲，間隔一拍之後——

「妳……妳不是桐乃嗎？」

夏Comi的喧囂，彷彿只在我身邊安靜了下來。

「…………」

桐乃用單手輕輕抱著自己身體，僵硬地露出緊繃的笑容。

沒錯。她這副模樣，就和逛完comike以後碰巧遇到綾瀨那次一樣。

真不知道是怎麼搞的。今天的祭典，就像在重現一年前的狀況。

貌同實異的事情，陸陸續續地在我們面前發生。

要是這樣的話，接下來等著我們的，會是跟去年一樣的困境嗎？或者說——

我一邊感覺到自己額頭流出了冷汗，一邊回頭，然後下定決心擠出了聲音：

「你——跟桐乃認識啊？」

「是啊。」

對方的回答與笑容都很正直，表裡如一。

「我跟桐乃是……呃，怎麼說呢？」

他開口時若有深意地猶豫了一秒左右，然後才這麼繼續說道：

「這樣說吧，我和她是因為工作認識的。」

「因為工作？你這是什麼意……」

就在我想要進一步追問時。

「等……等……等……等一下。」

桐乃小跑步趕了過來，制止我繼續問下去。她單手撐在桌上，神情複雜地皺著眉，直望著那個神祕的店員。

「……你為什麼會在這裡？」

「呃，妳問我為什麼嗎，那當然是因為我也是comike的社團參加者啊。」

「代……代……代——」

桐乃這句話梗了很久才冒出來：

「代表說你也是阿宅囉？」

「哎呀……」

對方得意地害羞起來，還伸手摸向後腦杓。桐乃一把揪住了他的領口逼問：

「少跟我『哎呀』！把話講清楚！」

「是……是的！我是阿宅！」

問出口供以後，像是想把人推開的桐乃鬆開手。

對方眼中含淚地咳出聲音，對她抱怨說：

「妳……妳做什麼啊？很難受耶！」

「你……你安靜一下……我正在想事情。」

「……喔。」

沒人看得懂這個狀況。我和黑貓、沙織都困惑地觀望著。

現在是怎樣？假如用一年前那次來比喻，就是綾瀨原來也是阿宅的局面囉？

再想下去也很麻煩，所以我直接問了當事人：

「呃，怎麼回事啊？」

「嗯……我也完全搞不懂。總之我想先做個自我介紹，不過她又叫我安靜……該怎麼辦呢？」

像是為了得到許可似地，他將視線投向桐乃。於是桐乃一臉不情願地點了點頭說：

「好啦，你先自我介紹。」

「了解。」

他把手放在自己胸前，和氣地露出微笑說：

「我叫御鏡光輝，今年十八歲，現在一邊唸高中一邊在當飾品設計師。我和桐乃——」

「停。」

「——咦？」

自我介紹到一半被桐乃喊停，御鏡顯得很困惑。

慢著慢著，已經有幾個不能隨便聽聽就算了的字眼冒出來了耶。剛才他說他跟我同年，而且在當設計師對吧？

對御鏡伸出手並要他住口的桐乃，威風地撥起了自己的頭髮，就像要搶人鋒頭那樣。

「接下來由我來介紹。這個人——也就是御鏡呢，是美咲小姐旗下的時裝模特兒兼設計師，ETERNAL的副牌就是交給他負責的。御鏡很厲害唷，他在小時候就已經拿過好幾個獎項了——」

「啥？」

這是在唬誰啊？又不是出現在少女漫畫裡面的男性角色！比起話題當中提到的ETERNAL或者ETERNAL的社長美咲小姐，我最先吐槽的是缺乏真實感的設定。

雖然我根本不信自己妹妹的台詞——

我最信任的人物，也就是沙織，卻一臉正經地說道：

「小桐桐氏說的是真的喔。」

「真的嗎？」

「是的。」

沙織舉起一隻手，像在說悄悄話似地把臉靠了過來。

「這裡賣的飾品水準太異常了。雖然他是用便宜的材料來製作……但他下的工夫實在很不尋常。」

這就是所謂的「專家的手法」嗎——

沙織朝我細語時毫不掩飾她的顫慄。

「而且這些飾品的款式，隱隱約約可以感覺到ETERNAL的風格唷。」

就算她這樣講，我的感想也只有「喔，這樣啊」而已。

不過，我記得ETERNAL的商標確實是設計成美人魚的樣子。這麼說來，剛才那個女生買走的吊飾也是美人魚……原來如此。

「還有……在下原本也覺得好像在哪看過那一位的臉……但他其實是這幾年在國外雜誌上常常出現的名人呢。御鏡氏的來歷，完全就和小桐桐氏講的一樣。『ＥＢＳ』應該就是他的個人品牌『ETERNAL BLUE SISTER』的簡稱吧。」

真是奇怪的品牌名。

意思是說……………

我用極為懷疑的目光，看著那個長得像女人一樣的美型男的笑臉。

「呃……所以他是超美型的時裝模特兒？然後又是負責ETERNAL副牌的手藝高超飾品設計師？然後還跟我一樣是十八歲的高中生？」

「是的，沒有錯。」

「抱歉我可以當場海K他一頓嗎？」

「為……為什麼要這樣？」

光聽就夠火了不是嗎？

而且沙織還毫不客氣地立刻回答「是的，沒有錯」。

嘖、嘖嘖、嘖！什麼嘛，這種人生超勝組的設定，你是男生版桐乃喔？

講過話以後會覺得他是個非常好相處的傢伙，這一點也讓人很頭痛。

明明存在本身就令人火大，都是因為他太會做人，我想恨都沒辦法恨。

這樣反而讓我自覺到本身的渺小了，不是嗎？可惡，有夠不爽的～～～！

「……學長，你的發言比瘋三還不如唷。自制一點。」

「……抱歉。」

黑貓對我生氣了……應該這樣講吧，我沒資格說別人是敗類。

自己不好好反省不行。當我悶聲閉起眼睛時，黑貓又悄悄地跟我耳語：

「…………用別的觀點來看的話，學長你也不錯啊。」

「……謝謝。」

剛……剛才這樣算是在安慰我嗎？

「……」

原本黑貓還嘀嘀咕咕地打算說些什麼，但是插話進來的桐乃蓋過了她的聲音。

「換我來介紹我們這邊的人吧——他是我哥，其他都是我朋友。」

被桐乃點到以後，黑貓默默地行了禮。

接下來的沙織可能是顧及桐乃的面子吧，她打招呼時只說了「我是沙織」，比平常要來得低調。

最後則由我報上姓名說「我是高坂京介」，這樣我們就算做完一輪自我介紹了。

御鏡對我之前說的狠話似乎並不在意，還友善地打了招呼：「我才要請你多多指教呢。」

沙織在這時問了他問題：

「結果，你們兩個是怎麼認識的呢？」

「我跟桐乃是透過美咲小姐介紹才會認識的。你們想嘛，桐乃是模特兒對吧？時裝雜誌想讓她戴我設計的裝飾品——就讓我們互相打了個招呼。」

桐乃也說著「是啊是啊」，把話接了下去：

「所以囉，之後我們兩個有見過幾次面……」

**嗯？**

「不過，我沒想到居然會在comike碰見他。」

「我也是啊。呃……如果我講錯的話就抱歉了，不過妳會出現在這裡，表示妳也……？」

「嗯，就是你想的那樣。」

微笑的桐乃點了頭。

這是她第一次跟我以外的男生承認自己是御宅族。

桐乃指著御鏡下了命令：

「我是宅女這件事，你絕對不能告訴任何人。」

「沒問題啊。我平常也是瞞著別人的，所以彼此彼此啦。」

果然是這樣嗎？既然是名人的話，也會需要顧形象吧？

這傢伙跟我妹的共通點不少。

除了是充滿才能的萬能超人之外，也都隱藏自己御宅族的身分。

「我說啊，你為什麼要特地跑來夏Comi賣飾品呢？」

會有這種疑問是理所當然的。如果是職業設計師的話，照理來講應該都會把自己的作品擺在店裡賣，沒必要特地跑來夏Comi用廉價賣給阿宅才對。

「因為我是阿宅啊。」

御鏡答得一副理所當然的樣子。

「在我小的時候，有播過一部叫做『Little Witch』的動畫，不知道妳有沒有聽過？」

「與其問我有沒有聽過，我連藍光ＢＯＸ都有啊。」

「等等，那不是之前才剛出的嗎？」

「對，就是那個。因為我最近在研究過去的名作嘛。」

「那……那這樣講起來就很快了。其實就是因為看了那部動畫，我才想當設計師的。」

「啥？你在講什麼意義不明的話啊？」

「沒有啦，那部動畫不是有出現一種叫做『吊飾魔杖』的道具嗎？女主角只要注入魔力就能將吊飾變成魔杖——我第一次做的作品，就是模仿那個做出來的飾品。雖然我當時是受爸爸影響才開始學習製作飾品的，不過老實說，原本我對成為設計師的人生並不是很有興趣。可是模仿喜歡的動畫周邊產品做了作品以後，反而意外地有趣呢。有一部分的創作樂趣，我是靠這樣才體會到的喔。」

「這樣啊——」

「所以呢——從某個層面來想，動畫算改變了我的人生。如果沒看過那部動畫，我想我現在就不會在這裡。說不定我過的會是完全不同的人生呢。」

「嗯……確實有這種人。」

桐乃「嗯嗯嗯」地點了好幾次頭。

畢竟妳如果沒有碰到「星塵☆小魔女梅露露」或者「和妹妹談戀愛吧♪」這兩部作品的話，說不定就不會找我做人生諮詢，也不會認識沙織跟黑貓了。

和御鏡一樣，就某個層面來講，桐乃的人生也是因為動畫和成人遊戲而改變的。

應該說我也是一樣。假如妹妹不是阿宅的話，我就不會在這裡嘛。

「不過，我總覺得很高興呢。其實……我沒認識幾個阿宅，一直都滿孤單的。」

「啊……我稍微能理解你那種感覺。」

桐乃又進一步認同御鏡的話。

什麼叫「稍微」？一年前的妳根本和他一樣好不好？

「……然後我就想，要是來參加這種活動的話，會不會有什麼改變呢？畢竟我對做衣服或者飾品還算拿手。」

畢竟你是職業的嘛。換句話說，這傢伙是為了交阿宅朋友——才參加活動的。

「不過，你今天就不是一個人來參加的吧？」

「……是我硬要我哥幫忙的啦。因為我哥並不宅……和我也聊不太來。像今天體驗過夏Comi之後，感覺他也有一點不敢領教……」

「啊，我懂我懂，你的心情我超懂的！雖然有人願意陪自己來這裡是很高興啦，心裡也會感謝他們，但要是他們還擺出一副不敢領教的態度的話，感覺就很煩了。」

喂，桐乃，妳不是在講去年的我吧？

「就是說啊——我們真的很聊得來耶！」

……算了，關於御鏡的事情我倒是理解了不少。

像我對他產生的煩躁感、親切感之類……這些全部算在內。

感覺簡直像多了一個桐乃一樣。他們的境遇亂相似的。

這樣當然會聊得來啊。

除了一點以外，假如要說到他們有什麼「不同的地方」——

「順帶一提，遊戲跟動畫的話題我大概都聊得起來，桐乃妳呢？」

「嗯——像梅露露之類吧。」

「啊，那個不錯，梅露露我也喜歡喔。我在企業攤有看到第三季的ＰＶ，暗黑魔女梅露露的角色設計真的好棒！」

「我也有去看！那個很棒對吧——咦～搞不好我們真的很合喔！」

興奮的桐乃「磅」地把手合到一起說：

「還有，我也很喜歡妹系的成人遊戲唷！」

**「咦，成人遊戲啊！」**

——要說到他們有哪裡「不同」的話，就是這個部分了。

我妹聊天時總是喜歡講一些很難聊下去的話題。就算對方有宅領域的知識，像妳突然這樣出櫃的話，他哪跟得上啊？

看到御鏡訝異的模樣，桐乃目光冷冷地朝著他問：

「……怎樣？你有意見？」

「沒……沒有，我只是有點嚇到而已。我當然也有玩成人遊戲啦——老實講我超喜歡的！」

「……嗚嗯，你突然這麼大聲地在講什麼啊？」

「咦……咦～～～～～～！」

妳也未免太不講理了。

雖然在國中女生面前大喊「我最喜歡成人遊戲！」的御鏡也很蠢就是了。

然後最沒資格講別人的，大概就是之前在老爸面前吼說：「成人遊戲是我的靈魂啊！」的我啦！

「呃，那個！既然都講一半出來了，我看我就全部說完吧！我第一次體驗的成人遊戲，就是在冬天那陣子造成話題的一款叫『妹×妹』的遊戲！」

「咦……『妹×妹』？」

這個字眼顯然引起了桐乃的興趣。

因為「妹×妹」正是我在美國和妹妹一起玩而且留下回憶的成人遊戲啊。

留學前夕──桐乃曾經把「你就把它當成我一樣來好好珍惜吧！」這句話，跟這款成人遊戲一起送給我。每次回想起來，我就會覺得這段插曲完全不合乎常理。

「是啊，我說的就是『妹×妹』！」

奮然握緊拳頭的御鏡開始大力鼓吹：

「那真的……太……太好玩了！我感動得整個人都哭了……！我還想說，自己遲早也要體驗像這樣的戀愛……」

他講到眼淚都飆出來了。

嘖，怎麼會這樣？

這……這傢伙……居然是症狀嚴重到噁心層級的成人遊戲玩家……！

「像我在2ch看到『妹×妹就是真愛』的發言時……也覺得那說的一點都沒錯！」

「那已經是有名的老梗了嘛！你……你還真的信那些話啊？」

「老梗是什麼意思？」

「…………唔哇，這傢伙是真不知道耶。」

竟然連桐乃都對他傻眼了。

「該說你是沒大腦，還是資訊收集力低落……你已經走得有點偏了耶。」

「呃，是這樣嗎？」

「坦白講，感覺超瞎的。」

「咦咦！」

「哎……不過呢。」

我妹妹搔著臉頰，露出了苦笑說道：

「……我已經了解你對『妹×妹』的愛了。嗯嗯，你說不定很有前途喔。」

有喔？算了，從臭味相投的層面來想，桐乃跟他也差不了多少。

「哪裡……我沒那麼厲害啦。」

你也別害羞行不行？

桐乃講的是哪方面的前途，你到底懂不懂啊？

「我希望可以讓更多人了解『妹×妹』的美好。只因為喜歡的東西是成人遊戲，就必須對別人隱瞞，這樣不是很奇怪嗎？」

「啥？我看你是白痴吧？社會的眼光又不是那麼快就能改變的，我們不去配合別人的話還能怎麼辦？喜歡遊戲的心情，只要明明白白地放在自己心裡就夠了吧？不要逼其他人接受啦。

再說成人遊戲會有趣，就是因為遊戲裡包含了十八禁的要素……我這樣講你懂不懂？不用特地把這些搬到主流的舞台上啦！因為你這樣做根本是多管閒事！」

我總覺得我可以了解桐乃想表達的意思。

御鏡大概是把阿宅當成自己的頭銜了。

雖然他很無奈地隱瞞著本身的興趣，但是他把「阿宅真美好，大家都來當阿宅嘛」這種念頭想得太理所當然了。

桐乃應該就是對他這樣的發言感到排斥。

要怎麼想是你的自由，但不要逼別人也跟著接受。這就是桐乃的想法。

「是這樣啊？桐乃妳想得真多耶。」

「純粹是你太單純了！倒不如說，虧你還真能夠維持自己的形象一直當名人耶！」

就是啊。

我看這傢伙遲早會在接受時尚雜誌採訪時，講出成人遊戲的話題吧？

御鏡光輝和桐乃一樣，就只是個外表好看的阿宅——不，程度還要更誇張。

或許正因為如此，他才會跟我妹這麼聊得來吧。

像這樣……

在夏Comi重逢又氣味相投（？）的兩人，便把我們晾到了一邊，自顧自地聊起了成人遊戲之類的話題。

呼……看到桐乃驚訝的瞬間，我還擔心——事情會變得跟碰到綾瀨時一樣，不過以結果來看，她只是交到了新的阿宅朋友。

不對，說不定對我妹來說，能夠代替我的傢伙已經出現了。

這樣的話也算是好事……所以說，我應該安心才對吧？

理應這麼想的我，現在到底出現什麼樣的表情呢？

和御鏡分開之後，我們逛完西館回到了東館。回來是為了撤收社團的攤位。我們把桌巾和墊布一類的道具，跟途中買來的同人誌一起收進紙箱裡，寄包裹回高坂家。黑貓說她曾經在冬Comi時自己一個人把那麼重的行李搬回家，我覺得真的很有毅力。

從會場撤收完，坐電車回到家附近後，我們去了車站前的卡拉ＯＫ。

從現在開始慶功——當然不會有這種事，去那裡只是為了核算收入而已。

從收入中扣掉印刷費之後，還有一點盈餘。

而且那點錢只要大家一起吃頓飯就會花光。

要是再把一些亂七八糟的經費算進去的話——

「……根本是虧損嘛。」

我一邊用吸管喝著可樂，一邊嘀咕。

——原來搞同人活動賺不了什麼錢。

這是我在第一次參加社團結束後，最先想到的事情。當然其中也是有一些社團可以賺到錢啦……Fate小姐那邊不要緊吧？有沒有確實賺到利潤啊？

你想嘛……明明本子都完售了還是虧，這算什麼啊？

假如本子有賣剩的話，除了會嚴重虧損外，精神上的打擊未免也太大了。

「……………」

不對，黑貓在冬Comi的時候正好就是那樣吧？

我想應該很難受。

辛辛苦苦畫了漫畫，畫了插圖，寫完小說。

而且還花了不少錢印本子，黑貓肯定也有為了這個去打工。

當時會場肯定很冷，而她一個人在那裡顧攤。

結果卻幾乎都沒賣出去，虧得一蹋糊塗，只能把沉重的庫存放上手推車……自己一個人搭電車回家。

然後……

像這樣的參加者，並不是只有黑貓而已。一定還有很多人。

這些人都曾經辛苦過，花下了時間與勞力，還破費在這上面。

之後他們會獲得什麼嗎？

「這樣子——是不是不太划算啊？」

足以將虧損化為盈餘的「某種東西」。

那個「某種東西」對每個人來說，肯定都不一樣，我不應該隨便去定義。

只不過……哎，怎麼說呢？

「你講了什麼嗎？京介氏。」

「沒有啦，我是在想——有賺到耶。」

「正是，這次我們可是大賺一筆唷。就是因為這樣，同人才會讓人停不下來。」

不知道沙織對我的話理解了多少，她從對面座位給了我大大肯定的回應。

「但妳也是第一次參加同人活動吧？」

「呃，是沒錯啦。」

「什麼嘛？」

還真是似懂非懂、曖昧又鬆散的對話。

「總而言之——辛苦你了，京介氏。」

「啊啊，妳也辛苦了。」

我跟一起算錢的沙織慰勞了彼此。

另一方面，要問到黑貓跟桐乃在做什麼——她們似乎正在交換看剛才在ＥＢＳ攤位買到的銀飾。

「這是御鏡他剛才給我的墜飾，不過這跟凜子（註：『妹×妹』遊戲裡其中一名女主角的名字）戴的一模一樣耶！全世界就只有這麼一個而已！會不會太強了啊？」

「……的……的確……而且作工相當講究。有才能的噁心阿宅真是恐怖……」

這麼說著的黑貓，也摸著戴在脖子上的逆十字架，心情看起來滿不錯的。

不知道為什麼，她們那樣讓我看了很不是滋味。

我嘖了一聲，講出像是潑她們冷水的話。

「哼，在我看來，那傢伙很礙眼就是了。我還以為他做人挺爽快的，結果卻是個宅得不得了的噁心阿宅。」

「…………」

愣住的黑貓睜大了眼睛，表情就像聽到了意想不到的話一樣。

另一邊的桐乃，則是一轉頭就狠狠罵我：

「……噁心，在背後說別人壞話，你很糟耶。而且他還比你好一億倍。說起來，你身上有哪個部分比御鏡強的嗎？」

咕……！妳講出來了喔？一般會這樣講出來嗎？就算這都是事實……！

「妳……妳還不是講了麻奈實一堆壞話！」

這個女的，換成自己有錯的時候就只會迴避～～！

「嘖！」

「哼！」

我和桐乃用一模一樣的姿勢，互相別過頭。

然後到了隔天。

鬧哄哄的comike結束了——阿宅們的夏天，也跟著接近尾聲。

儘管參加者當中，應該也包括了許多跟暑假已經無緣的社會人士，但他們現在體會到的「夏天尾聲」的寂寥感，肯定也和我們一樣。

保留下狂熱的餘韻，我繼續享受著高中生活裡最後一次的暑假。八月十六日，油蟬的大合唱當中，也開始夾雜著預告秋天將近的寒蟬鳴叫聲。

雖然時間已經過了三點，太陽仍從高處燦爛地照亮著地上的世界。

「你的臉真沒精神。」

在我身旁細語的，是穿著制服的黑貓。今天要開comike的反省會，因此遊研在學校有聚

會。我們現在則是在回家的路上。

「並沒有。」

我一邊走著，一邊用愛理不理的口氣否定。

黑貓無法接受我講的話，又用篤定的語氣說：

「……要我來猜你現在在想什麼嗎？」

和平常一樣，我們一邊緩緩走著，一邊斷斷續續地對話。

在黑貓陪伴下，我正要回自己家裡。接在遊研的反省會之後，今天還有「宅女集合！」的慶功宴。桐乃和沙織當然也會參加。

面對黑貓拋來的提議，我裝成沒興趣的樣子做了回應：

「……喔，很有意思嘛。妳講看看啊。」

「『如果昨天在comike遇到的那傢伙是桐乃的男朋友，那我大概已經沒用處了。』」

「…………」

「……怎樣，有猜中嗎？」

……這傢伙。

高坂家已經來到眼前，我停下了腳步。緩緩湧上的熱氣，讓一道汗水從我額頭上流下。

「……哼。什麼啊，這也是妳提過的『黑暗力量』嗎？」

被人說中內心讓我很不是味道，我不自覺地就講出了惹人嫌的話。

黑貓回答說「不是」。

「就算不用那種力量，我也知道你的想法。」

「那妳為什麼會知道？」

黑貓直直望向了我的眼睛。

她用裝成沒有情緒的苦惱表情說：

「……因為我一直都在看著你。」

「…………」

我的臉變熱了。有股心臟彷彿被人掐住的錯覺。為了掩飾，我別開視線搔起了臉頰。我裝作冷靜——卻又拋出了掠過問題核心的一句：

「……突然被妳這樣講，我會誤解喔。」

「…………我不……不介意。」

黑貓的聲音細得像是快要聽不見……她在等我回答。

她說……她不介意……這……這是什麼意思……？

心臟好痛。呼吸好難過。混亂的我不知道該怎麼回應。

「難道說，妳喜歡我嗎？」

我說出了和某次一樣的問題。和帶著調侃意味的那時候比較起來，心境差太多了。

等待答案的幾秒鐘，感覺就像永恆那般。

「喜歡啊。」

黑貓講出和之前一樣的回答——不對。

「喜歡啊……不會輸給你妹妹喜歡你的程度。」

她給了我只有一點點不同的答案。

「……咦，那——」

我的腦袋頓時沸騰了。心情陶然得像是直接把毒品打進腦中似的。

丟臉的是，我明明想說些什麼，卻哽住了。咕嚕吞下口水之後，我再一次開口：

「……那麼，那時候，妳會親我……是因為……」

「……那次啊……那次是……——」

問題的答案並沒有拋回來。

「——你們兩個在幹嘛？」

因為不知道從什麼時候，桐乃已經站在玄關前面，維持著開門的姿勢。

她睜大雙眼，結凍般地僵住了。

「————」

我（黑貓大概也一樣）也嚇得心臟差點停止——但仔細一想，其實也沒什麼大不了的。不管我和黑貓想聊什麼、有沒有被聽見，跟這傢伙關係都不大。可是不知道為什麼，我卻倒抽一口氣停在原地。

似乎回神過來的桐乃，朝我拋了輕蔑似的目光。

「……你們站在那邊幹嘛啊……不趕快進來嗎？」

語氣和平常一樣的她只講了這些，就啪噹一聲關了門。

……搞什麼啊？那傢伙。

幾秒鐘之內，我茫然地看著關上的門，心情變得有些掃興。

「……進……進去吧，再說沙織應該也已經到了。」

像是為了改變話題，我這麼說道。

然而，當我朝門口踏出一步時，黑貓拉住了我的袖子邊。

話還沒講完喔——她彷彿這麼表示著。

「聽我說……學長。」

「……怎樣？」

「在那之後，我一直在思考某件事。」

「……思考某件事？」

我緩緩轉身。黑貓低著頭，看不到她的表情。

「嗯。我不知道該怎麼辦——因為我覺得選哪一邊都會後悔。變得像這麼迷惘，大概是我有生以來第一次呢。」

她說選哪一邊，是要從「哪邊」跟「哪邊」做選擇呢？我心裡真的沒有底。

因此，我也不知道，該對自己重要的學妹說些什麼。

「所以呢……結果我決定學某個人，誠實地面對自己的慾望。我決定，要徹底讓自己變貪心……因為我想換成是她的話，肯定也不會放棄任何一邊的。」

「……抱歉，我實在聽不懂妳在講什麼……」

「……我不介意，請你繼續聽下去。」

有些顫抖的語氣，彷彿傳達了黑貓現在有多拚命。

「我已經——不會再客氣了。為了讓我自己能夠接受，也為了替我帶來最期盼的結果，我會用自己的方式盡全力。」

——要不然，一定會變成在欺騙自己吧？

她這段塗上迷彩的話，我還是無法理解。

即使如此，我的胸口仍確實地被打動了。

玄關前的那一幕，在表面上，被我們當成沒有發生過。

和黑貓一起進到家以後，桐乃已經在客廳準備著夏Comi的慶功宴了。被她用「快點來幫忙啦」這樣若無其事的台詞一催促，我動手把寄來的同人誌包裹從房間拿到客廳。沒過多久沙織也到了，慶功宴便這樣開始。

事情是這樣沒錯啦……

「…………」

「…………」

「…………」

一群人圍著桌子聚在一起。然而，我和桐乃還有黑貓——都悶不吭聲地沉默著，連伸手拿個飲料也不肯。

沉重的氣氛支配著客廳。

「各位？？？」

只有沙織沒辦法理解狀況，疑惑地左顧右盼著。

但不知道該不該說真不愧是沙織，她似乎也察覺「這大概是發生過什麼吧」，便找我講了悄悄話：

「京介氏，這到底……是怎麼回事呢？」

「…………呃，這個嘛，我也不是很懂……」

「小桐桐氏和黑貓氏怎麼了嗎？」

「與其說……她們怎麼了嗎……」

我和黑貓在家門前——談了一些話……而那些話被桐乃聽見了。

然後氣氛就不知不覺地尷尬起來了，或者應該說……

「我……我沒辦法說明清楚……！」

「……傷腦筋耶。你有時候會變得很沒用呢，京介氏。」

對不起啦。

「……你們偷偷摸摸在幹嘛？」

翹腳坐在沙發上的桐乃，對低喃著思考事情的沙織賞了一記冷眼。

「沒事沒事，因為大家沒什麼精神，在下正在想是怎麼了呢。」

「……才……才沒有。我又不會沒精神。」

桐乃氣嘟嘟地轉了頭。看她那樣，沙織迅速把臉湊了過去，嘴巴也跟著嘛成ω型。

「呼嗯，是這樣嗎？」

然後她突然把桐乃的頭，埋到了自己豐滿的胸部上。

「喂，妳幹嘛突然這樣啦？」

「呵呵，這是在把精神分給妳啊——在下永遠都站在小桐桐氏這邊唷。」

「不……不要講那種聽不懂意思的話啦！」

設法逃離沙織的擁抱後，桐乃一把推開沙織的胸部，喘不過氣地用力呼吸著。這時沙織又笑瞇瞇地朝她開了口：

「有精神一點了嗎？」

「哪會啊！」

看來是有啦。

也對……就連不清楚狀況的沙織都在幫忙打圓場了。

氣氛再這樣詭異下去，絕對不會是好事。

我對黑貓使了個眼色，於是她微微紅著臉點點頭。

「……我……我們換個心情來慶功吧。」

「在這之前，本姑娘有件事情要先報告。」

當大家準備重新開始慶祝的瞬間，桐乃又緩緩插嘴進來。

「……咦？」

「怎樣啦？桐乃。」

我和黑貓同時看了她。這時，我妹垂下目光。

「——總之，我現在跟御鏡在交往。」

她忽然講了這麼一句。因為來得實在太突然，包括我在內，現場所有人的反應一致都是疑惑地發出「咦？」的一聲。

桐乃朝著這樣的我們，又拋下更具衝擊性的發言。

開口時，她的視線正好直直瞪著我。

「……而且，我們也已經接吻過了。」

「啥？」

我睜大眼睛吼了出來——於是桐乃將臉別了過去，像是不把我的聲音當一回事那樣。

「……妳……」

呆愣的黑貓咕噥著，桐乃挑釁似地瞥了她一眼問：

「……怎樣？妳有什麼話想對我講嗎？有嗎？」

「………………」

「沒有吧？那就開始慶祝吧！」

桐乃發出開心的聲音。

可是——大家卻沒有高興地開始慶祝。

「————」

聽到桐乃台詞的瞬間，黑貓「咚」的一聲從位子上站了起來。

她握緊雙拳，無言地發抖著。

「喂……喂……黑貓……妳怎麼啦？」

當我打算瞄向她的臉時，黑貓排斥似地甩過頭，直接快步走向門口。她在門口前回頭，瞪著桐乃說：

「……我不想陪笨小孩，先回去了……你們自己慶祝吧。」

她的聲音低沉又恐怖。還沒有人來得及插嘴，黑貓又背對我們開了門，就這樣消失了身影。

黑貓對桐乃露出這麼嫌惡的態度，我想絕對是第一次。

就連她們剛認識的時候，黑貓也沒有在跟桐乃犯沖時表現得這麼冷漠。

「什麼嘛，真是差勁。」

雙手抱胸的桐乃發出了不愉快的聲音。

可惡，妳這什麼態度啊！

……現在該去追黑貓嗎？

我猶豫了幾秒，但最後還是決定重新在位子上坐好。沒錯，我現在——要先跟滿嘴胡說八道的妹妹追究。

「……妳剛才……說的是怎麼回事……？」

「啥？」

「我在問妳！妳剛才講的交往那些的，是怎麼回事？」

我想問的明明不是這個，冒出口的問題卻微妙地偏了方向。桐乃用藐視般的眼神望著我，卻不打算回答。

「是從什麼時候開始的呢？」

沙織用意外冷靜的聲音問了桐乃。

「我回國以後馬上就和他交往了。被美咲小姐挖角後，我拒絕她說『我也還沒有決定要不要回去當模特兒』——大約就在這之後吧。美咲小姐第二次來挖角的時候，就帶他來跟我見面了。」

「喔。」

跟他交往嗎……

「還沒有決定要不要回去當模特兒」——桐乃一回國之後，我記得她確實有在跟別人講電話的時候這麼說過。

「然後呢？為什麼妳要挑『現在』講這件事？」

「哼。」

桐乃嗤之以鼻。

「……你覺得為什麼？」

「啊？這是妳的事吧？為什麼要問我？」

我丟了一句理所當然的台詞回去之後，桐乃把冷漠透頂的目光瞇得更細，瞥了我一眼。

「是喔，那算了，說的也對。」

她別過臉，用不當一回事的語氣嘟噥。

「妳說什麼……？」

把人當白痴耍嗎？

「畢竟我想跟誰交往，都隨我高興吧？這不是你說過的嗎？」

「是我說的沒錯……但妳有仔細想過嗎？」

「……哈。」

桐乃那副嘲弄般的語氣依舊沒改。

「根本不用想吧？不會再有那麼好的人了啦。而且他跟某人不一樣，臉長得帥，又有錢，還超有才能的不是嗎～？」

煩煩煩煩煩煩煩煩煩煩煩煩煩煩煩煩煩煩。

桐乃擺出了看垃圾般的眼神，一邊鄙視著臭臉的我，一邊舉出御鏡的優點。

「再說我跟他那麼聊得來，興趣也一樣，他還跟我發過誓……要是和我交往的話，絕不會劈腿的。」

說到這裡，她的口氣變衝了。

「除了這些以外，他也會仔細聽我說的話，又懂得尊重我！和某人完全不．一．樣！」

呸。

桐乃用非————————————————常讓人火大的臉對我吐了舌頭。

我以為自己氣得連腦血管都要斷了。

我拚了命地壓抑住想揍自己妹妹的手。

碰！相對地我一拳搥在桌子上，站了起來。

「啊啊，是這樣喔！既然妳要這樣講，愛怎麼搞——」

都隨便妳啦！這樣的一句話我沒能吼出口，在喉嚨附近就停住了。然而漆黑混濁的不快感並沒有消失，只會落在胃裡沉澱下來。

桐乃仍然坐在沙發上，用她一年前那樣的表情仰望著自己沒用的哥哥。

「……怎樣？你的後半句呢？」

「…………誰理妳。」
「是喔。那我回房間了——剩下拜託你收拾啦！」
磅！噠噠噠噠噠！
桐乃衝出客廳，氣沖沖地上了樓梯。
像這樣，房間裡只剩我還沙織還留著。
明明今天——大家是打算開開心心地為了在comike完售慶功的。
……怎麼會搞成這樣啊？
為什麼我非得因為這種無聊的事情，讓心情變得這麼無趣！啊啊……煩死了！煩死了！為什麼我會這麼煩躁，連事情都沒辦法好好想？我嚥下難以形容的厭惡感，咬緊了牙關。
「……沒辦法，我們來收拾吧。」
沙織短短地咕噥出一句。
聽到她的話——我心裡湧上了一股龐大的罪惡感。
「唉————————！」
可惡……可惡！我到底在搞什麼？
這樣太對不起沙織了。個性好說話又怕寂寞的她，會一直維護著這個團體，才不是為了看到這樣的畫面。她會用催眠的方式鼓舞內向的自己，又擠出僅存的勇氣安排網聚……都是為了和興趣合得來的同伴聚在一起，讓所有人過得熱鬧開心。這樣，就不會再寂寞了。

我不能讓這種內容沒營養的吵架，把一切搞砸。

「抱歉。」

賠罪的話，自然而然從我嘴裡冒了出來。

「真的很抱歉……沙織。」

我怕得不敢看她的臉。她八成在生氣，因為我把她期待已久的慶功宴給搞砸了。

「哎呀哎呀，為什麼京介氏要道歉呢？」

然而，她卻用溫柔的聲音和表情望著我。

「人際關係總是會出現狀況的，也會有這樣的日子吧。沒關係啦，如果是慶功派對的事的話，請你不用放在心上，等你們和好之後——再舉辦一次就好啦。」

「可是……可是啊……」

怎麼會這樣呢？

這傢伙……這個爛好人……到了這種時候，似乎還打算安慰我。

我難過得快死掉了。

「在下什麼都不擔心喔。沒有什麼好擔心的——對在下這樣說的不是別人，就是京介氏不是嗎？」

那是我看到沙織本來面貌時，說出口的台詞。

沙織用認真的語氣，強而有力地對我斷言：

「我相信你說的話。」

我想她這句話，絕對比任何一種命令都還要有力。

「……這樣啊。」

「是的。看來這次的騷動，靠在下的力量是改變不了什麼的……像這種時候，可以仰賴京介氏出力幫忙嗎？」

笨傢伙。

這種事情——

「當然可以。雖然我還不知道該怎麼做……總會有辦法的。」

「是啊。」

「要是我失敗的話，就抱歉了。」

其實我根本沒有自信。

聽到我丟臉的台詞，沙織悄悄地……拿下了眼鏡。

「咦？」

對這傢伙來說——露出真面目明明是非常、非常、非常不好意思的事情。

她翩然解開了頭髮。

一拿下眼鏡，沙織的臉頰便在瞬間變成了通紅。儘管如此，她還是沒有別開目光。即使嘴唇發抖的沙織看起來就快要瀕臨極限，她仍直直地看著我的眼睛。

「……到了這種時候你還是這麼軟弱呢，京介大哥。你要多給自己一些自信才行唷。」

如此這般地，沙織露出了微笑，就像在示範她自己的台詞那樣。

---

我想會讓人心神俱失的笑容，指的就是她這樣的表情吧。

明明臉頰因為害羞而染紅，那張微笑卻是那麼自豪，綻滿著自信。

倒抽一口氣的我愣住了。

太狡滑了啦。看到妳擺那種臉，誰還能繼續軟弱下去啊。

「……真受不了。我每次都會這樣想，妳未免太高估我了啦。不是我自誇，我這個男人可是沒什麼了不起的喔。」

「……呵呵……既然這樣，我換個方式來鼓勵如何呢？假如你沒辦法讓大家合好，將這個團體破壞掉的話……」

沙織語氣嫻靜地講出了恐怖的未來。

「到時候，我會讓你負起責任的。請你要做好覺悟唷。我會鄙視地叫你『社團破壞男』一輩子。」

「那還真……恐怖耶。」

為了不讓事情變成那樣，我可要加把勁努力。

——於是，我在沙織激勵下重新振作起精神，卻沒想到隔天立刻又有急轉直下的發展在等著我。

我妹總是唯恐天下不亂地引起騷動。

而被捲進麻煩裡的，永遠都是我——

但是像這種狀況，或許就是最後一次了。

八月十七日。

桐乃帶男朋友回家了。

事情真的很突然。為了平息騷動而思考著各種策略的我，根本沒空採取任何行動。上午我想到客廳拿飲料，門一打開——

「喔，御鏡你在當設計師啊。」

「是的，沒有錯。啊，這是我帶來的禮物。」

「哎哎哎，還讓你特地破費，謝謝你喔——」

御鏡就跟老媽隔著餐桌在談笑。

啥？這什麼狀況啊——！

我還以為是幻覺耶！睜大眼睛的我保持著開門的姿勢，就這樣僵住了。

「哎呀，京介。」

察覺到我，老媽喚了一聲。接著御鏡也轉了頭，親切地對我露出微笑。

和前天一樣，那是一張毫無惡意的笑容。

待在房間的人當中，只有桐乃一個絲毫不為所動。她穿著時髦的便服，坐在平時的位子（御鏡旁邊）上，看不出是什麼表情。

桐乃從昨天就一直是這個樣子。在沙織回去後，她還是關在自己房裡——連吃飯的時候也徹底避免跟我說話。

老媽朝著不自覺瞇起眼的我催促說：

「好啦，你也跟人家打個招呼吧。他啊，是桐乃男朋友——」

「——喂，那裡是我的位子。」

我若無其事地一邊走到御鏡身旁，一邊用尖銳的口氣這麼說道，於是他急著站了起來。

「對……對不起。」

「京介!你這什麼態度!」

「…………」

囉唆耶。我就是覺得不愉快啊。

「快跟御鏡道歉!」

雖然老媽會發脾氣也很合理啦。

但我才不會道歉。誰叫這傢伙讓我不爽。

連我自己都覺得這樣的態度跟個小鬼一樣。可是,就是因為這個傢伙冒出來的關係,我和桐乃才會鬧得一團糟。我怎麼可能平靜得下來。

我隨便坐到自己位子上,馬上用小指摳起耳朵並轉過頭去。

「這孩子真是的——之後我會叫你爸罵你喔!」

「……這麼說來,老爸人呢?他今天應該休假吧?」

「……他待在房間啦。」

「為什麼不來這裡?」

「我怎麼知道……那個人也不知道發什麼神經,把自己關在房裡……這個家的男人是怎麼搞的嘛。」

喂,老爸!女兒帶了男朋友回家,你就要起自閉了喔!

真的假的？

唉……心情變得更煩的我，朝著坐直的御鏡開了口：

「那麼……御鏡。」

「嗯，什麼事？京介。」

「哎呀——你們認識啊？」

無視於老媽的疑問，我又講出更冷漠的一句：

「你是來幹嘛的？」

「咦，沒有，那個——我是被桐乃叫來的啦。」

「嘖，回答得乾脆點嘛。你這樣也算男人？」

不知道自己在發什麼神經的我，正明目張膽地對妹妹的男朋友找碴。

「京介，你講話差不多——」

老媽從位子上站了起來，同時另一個地方也傳出了「喀噹」一聲。聲音是從我身旁傳來的。我望向旁邊，桐乃已經站起身，不帶表情地俯視著我。

啪！

「……！」

狠狠一巴掌甩到了我的臉上。

「妳……妳……妳做什麼？」

我一邊感覺到嘴裡有血味，一邊瞪了妹妹，結果桐乃只短短咕噥說：

「你很煩耶。」

她直直指向門口。

「出去，現在馬上。」

這一句滿懷著憎惡。就連老媽也被女兒的魄力嚇得吞了一口氣。

「……嘖。好好好，我出去就行了吧……！」

粗魯起身的我，拋下了跟漫畫中雜碎沒兩樣的台詞，同時也逃離了讓人難熬的客廳。

我靠在關著的門板上。隔著門板，可以聽見老媽、御鏡、桐乃他們講話的聲音。

他們在談什麼呢？家裡有個笨哥哥，真對不起喔——大概就是這一類的吧。

可惡……！可惡，可惡……！簡直糟透了……！我到底在搞什麼啊……？

我連自己在發什麼火都不清楚了。

原因不明的心煩，和非得做些什麼的焦躁混雜在一起，讓胸口悸動著。任情緒操控的我做出了毫無益處的事。

心裡頭盡是悔意，我很想賴回床上。

可是，我不能爬上樓關到自己房裡。

**——「我相信你說的話。」**

沒錯。我必須設法改善現在的狀況，讓大家重新開一次慶功宴。

這唯一的念頭讓我的腳動了。

而我現在，正站在爸媽的房間前面。

據說老爸就關在房裡，不肯出來。

——妹妹說不定交了男朋友的哥哥。

——女兒說不定交了男朋友的老爸。

我覺得我們的立場很像。也因為老爸是個正經八百的人，如果來找他商量跟桐乃相處得不好的問題，我有把握他會認真聽，而且也會一起幫忙出主意。跟立場類似的人挖心掏肺談一談的話，多少也可以整頓整頓這種連自己都看不透的心情吧。

雖然我也想自嘲這種老是靠別人的毛病，但現在也顧不了面子了。

我用力「叩叩」地敲了門。

「老爸——你在吧？開個門。」

開口之後沒過多久。

「…………進來。」

傳出這樣沉沉的回應。我口氣緊張地知會了一聲「我進來了」，然後打開門。門裡頭是排著兩張床的西式房間。要說的話，這傾向老媽的品味。

蓋這個家的時候，老爸明明比較喜歡和式，據說是在老媽要求下才改成西式的。

雖然我家老爸給人的印象滿恐怖的，他對老媽倒是非常溫柔。或者應該說他在老媽面前抬不起頭啦。

老爸就坐在玻璃桌旁的椅子上。看來他似乎在借酒消愁。難得休個假，事情變成這樣還真可憐。

「你坐那邊。」

「……嗯嗯。」

我隔著桌子，和老爸面對面坐了下來。

「……有什麼事？」

好……好陰沉。老爸，你這樣看起來老了十歲左右耶……要不是知道事情原由，我大概就會擔心你是不是得什麼重病了。

「沒……沒什麼……我從客廳被趕出來了。」

「……你在搞什麼啊？」

老爸傻眼似地嘆了口氣。哎哎哎，現在的你有什麼資格說我呢？

「你才在做什麼啊，老爸？女兒的男朋友都跑來了，還關在自己的房間……像平常一樣嚴厲地質詢他不就好了？」

「別說這種你自己做不到的事，蠢蛋。」

「唔……！可是……只要老爸肯待在客廳……該怎麼說呢……氣氛就會變很多了吧！」

你不要別開目光啦。

「老爸。」

我又催促老爸發表意見，於是他總算吐露了真心話。

「在客廳哪待得下去，想了就火。」

「也對啦。」

我非常同意。

御鏡那傢伙就不用說了，女生那邊也很讓人不爽。

她們居然不理我這個家人，都站在御鏡那邊。

那傢伙確實長得很帥，很帥是很帥啦，但內在只是個噁心阿宅耶。

「姆，你媽也是，桐乃也是，那種軟骨頭到底有什麼好的……？」

「就是說啊。」

高坂家的男人從客廳被放逐出門，正躲在家裡一角，互相講御鏡的壞話。

怎麼會這麼慘啊？我眼淚都要流出來了。

「我順便問一下，桐乃要交怎樣的男朋友，老爸你才會接受？」

「嗯，我想想……只要那個男的擅長劍道與柔道，夠溫柔，偶爾也有嚴厲的一面，而且為了正義可以毫不猶豫地對抗任何凶惡的罪犯，還適合穿和服就行，或者說……」

哪會有這種人啊——！

應該說這很明顯是在講你自己吧！

「京介，你……和那個來路不明的渾小子見過面？」

連來路不明這種話都冒出來了。

「我今天是第二次見到他。」

「……他人怎樣？」

看來老爸是因為早早就逃出來的關係，對御鏡的底細似乎什麼都不清楚。可是他對女兒帶回家的男人，依然在意得不得了……就是這麼回事吧。

雖然我也不能說別人，但他這樣還真麻煩。

「——我知道的大致就這樣，他是個很努力的傢伙。至少，在我看來他並不是壞人啦。而且桐乃跟他好像也很談得來。」

我把對御鏡的印象坦白地告訴老爸。畢竟在這種時候說謊也沒任何意義。

……照內心想的說完之後，結果就變成我在大力誇獎他了。

「…………哼……」

老爸把嘴閉成了＊型，擺出為難的臉色。

「桐乃還只是國中生……這種事對她來說，還太早。」

「現在國中生都很成熟，這樣也沒有特別早啦。」

可惡，為什麼我從剛才就一直在幫御鏡講話？

傷腦筋的是，一想到要跟別人介紹他，或許是我刻意避免用主觀的看法來說他的壞話，結果反而變成都在誇獎他了。

雖然老爸的心情正在急速惡化——但我也很無奈啊。

誰叫這完完全全就是我自己的意見。

老爸語氣沉重地說道：

「桐乃還是個小孩哪。」

「不過，她比任何人都懂事。」

「…………」

「那傢伙確實還只是個讀國中的小鬼……可是要不要跟別人交往，這種事桐乃應該已經可以自己決定了。是她的話肯定有辦法做判斷，也能夠自己對結果負責。」

「…………這不需要你來告訴我。」

仍舊一臉為難的老爸，朝喉嚨灌了一口酒，然後惡狠狠地盯住我。

「怎麼，京介你贊成她交男朋友嗎？」

「…………………」

這對我來說，是一個最根本的問題。

對於桐乃交男朋友這件事——我是贊成？或者反對？

巧的是，我會跟她起口角，就是起因於這個話題。

「……………………」

我應該說贊成才對吧？沒理由反對的。要說不高興的話，確實是不高興，但我也無法把這種焦躁感順利表達出來，畢竟我自己都說過隨便她了。

「沒什麼贊不贊成的啦。這是桐乃自己要決定的吧？」

「我反對。」

老爸手抱胸前擺起了架子，直截了當地表明。

「呃……老爸，你這樣太沒道理了吧？讓她自己決定啦。」

「不要。」

這……這個大叔居然說不要！你以為是小孩在耍賴嗎？

意外的發展讓我退縮了，結果老爸氣呼呼地嘟起下唇說：

「桐乃有了戀人……？唔唔唔，光想像我就滿肚子火……！」

我也是我也是。

可是！就算這樣！你也不能耍任性啦！

「京介……你去講一下，叫他們分手。」

「不對不對不對不對吧！」

你在講什麼啊？

「這……這樣再怎麼說……都講不通吧？」

「我管他那麼多！所有事都會有例外！可惡……我看我還是去揍那小子兩、三拳吧。有話之後再講。」

「你會因為傷害罪被炒魷魚耶！」

「我不在乎。」

「我在乎！」

我終於搞懂了！老爸會窩在房間裡，是因為待在對方旁邊的話，他可能動不動就會出手揍那個男的！

「總之我就是反對！反對！反對！反對！」

喝醉的老爸兩眼閉成了><的模樣，重複喊著反對。完全像個小孩子。

好窩囊……老爸你這樣實在亂窩囊一把的！

「……嘿。」

受不了……真是個笨老爸。你到底有多疼女兒啊？

啊——啊，唉……總覺得整個人都虛脫了。

我懷著看開的心情深深嘆了口氣。

苦笑著的我這麼說：

「我懂了。」

「你……你是懂了什麼？」

「我會代替老爸過去。我要去跟御鏡談，揍他個兩、三拳。」

「你覺得這樣我就會罷休？」

「是啊。」

我效法老爸，回答得又快又斬釘截鐵。

因為跟立場類似的老爸談過之後——我已經懂了。

「誰叫我的心情跟老爸一樣呢。」

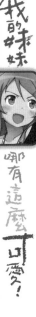

回到客廳以後，不知道跑去哪裡的老媽看不見人影，隔著擺了飲料跟蛋糕的桌子，桐乃和御鏡似乎聊得正開心。

「……又來了。」

一注意到我，桐乃就瞇起眼，發出掃興的聲音。

剛剛才被趕出去，現在又回來幹什麼——客廳裡充滿了這種氣氛。換成是平常的我，八成會忍不住逃回房間吧。

「是啊……我是來了……！」

多虧沙織之前的示範，我才能鼓起勇氣跨出這一步。

御鏡大概覺得很困惑，他瞪大了眼睛看著緩緩走近的我。

只有桐乃站了起來，朝我拋來輕蔑的視線。

「……喂，你是想幹嘛？」

「剛才是我不對——！」

剛站到妹妹面前，我便突然跪了下去。想到之前我對待他們的態度，還有接下來我打算說的內容，表現出這些誠意是理所當然的。

看到我忽然跑回來做出更奇怪的舉動，桐乃和御鏡都嚇得說不出話。

「等等，咦……你……你什麼意思啊？」

「是我自己鬧脾氣，對妳的男朋友擺出了那樣的態度，真的很抱歉！」

賠罪時，我低聲下氣到幾乎就要磕頭的地步。

隔了幾秒鐘——妹妹的聲音從頭上落了下來。

「夠……夠了！我說啊……你這樣做反而讓人更傷腦筋……出去啦！」

根本連討厭的價值都沒有。帶著這種味道的一句話，讓我胸口揪成了一團。

我猛然抬起頭說：

「出去之前——我有事要講！」

「啥？我跟你沒有什麼好講的啦！」

「很不巧的是，我有……」

我坦蕩蕩地強調。現在的我，就是過去連老爸的威脅都能撐過去的那個我。

妹妹的怒罵我根本不放在眼裡，難熬的氣氛我也不想理。

我用自己的視線，直直地對上了桐乃冷漠到極點的視線。

「昨天妳問過我對吧？妳問了『你希望怎麼樣？』………」

「——————」

鼓譟的聲音停了。我直接把話繼續說下去：

「那時候我回答的意思是『妳決定就好』，不過——還是當我沒那樣講過吧。」

「什……什麼意思？」

「要我說，我希望怎麼樣的話……我會叫妳不要跟男生交往。」

我自己也覺得這句台詞很糟。再怎麼說，一個做哥哥的，居然會在妹妹和妹妹的男朋友面前講出這種話，未免太蠢了。但即使如此，我的嘴巴還是老老實實地動了。

「……為什麼？」

妹妹發出的微弱聲音，幾乎傳不到我這裡。我決定將自己的心情原原本本地告訴她。

因為，這非常重要。

「我自己也搞不太懂，到底為什麼。」

只不過——

「也許是不甘心的關係吧。感覺像被忽然冒出來的傢伙搶走了妹妹。」

我也覺得講這種話很任性。我跟一路走來始終疼女兒的笨老爸又不一樣。

雖然說我們最近變得親近了一點。

以往——我明明都把她當成不可愛的妹妹，一直無視她的存在。

等妹妹交了男朋友之後，我卻變得心浮氣躁，還遷怒別人。

「但是桐乃，當哥哥的根本說不出來——討厭讓妹妹交男朋友這種話吧？假如這不是我自己的事情，我肯定也會想說：『你把妹妹當什麼啊？』相反的換我自己交了女朋友，要是被妹妹反對的話，我大概也會氣得反駁說：『搞什麼啊，這種事是我來決定的吧？』……所以，當時我才只能那樣回答妳——」

桐乃靜靜地聽著我不得要領的台詞，不知道在想什麼。

「要不要跟男生交往，我覺得應該由妳的意志來決定……可是身為哥哥，我還是會覺得不愉快——再說，我到現在依然不知道妳昨天為什麼會氣成那樣，所以關於那件事，我也不知道該怎麼跟妳道歉。光用嘴巴說聲對不起是很簡單，但道歉不應該是這樣的吧？所以我才想，至少要把坦白的想法先告訴妳。」

好歹這些話並不是騙人的。

「…………………遲了。」

「咦？」

「已經……太遲了……」

房間裡一片沉靜。什麼事情太遲了？在場所有人都低著頭，沉默不語。可以感覺得到，令人難挨的空間彷彿又增加了濕度與黏度。

由於桐乃沉默下來的關係，我用手臂擦去額頭上的汗，改對御鏡開口。

也要把話跟這傢伙說清楚才行。

「御鏡……你喜歡桐乃嗎？」

「是的，我最喜歡她了。而且我也尊敬她。」

在劍拔弩張的緊張氣氛中，御鏡帶著滿臉平靜的微笑，回答得毫不遲疑。

「這有什麼問題嗎——？」

這傢伙也算是很了不起了。

首先在這種異常的狀況下，他只有「稍微」被嚇到而已，至少在表面上他也沒有對我露出無奈或憤怒的反應。這應該算是雅量吧。

換成我在他的立場，大概已經動手痛扁自己女朋友的哥哥了。

御鏡光輝——雖然是個重度的噁心阿宅，但也因為這樣才會跟我妹聊得來，而那宛如超人般的才能，或許也能讓他跟我妹分享高處不勝寒的煩惱。

長得帥，而且有錢，又有才能，還能聊得來。

要是有這種男朋友，桐乃鐵定可以趾高氣昂地跟同學炫耀。

所以身為她哥，我應該祝福才對。

我應該拍著手，笑著祝福她說，這樣真是太好了——

「我不會把桐乃交給你。」

——吃大便吧。誰管他那麼多。

回神過來後我已經站起身，對御鏡講出發自內心的實話了。

雖然這樣講很像在找藉口，但這不算什麼特殊的感情。當哥哥的跟我處在同樣狀況下，肯定都會這樣說出口才對。

畢竟……「這份感情」是淡是濃，每個人都不同，可是一定會有啊。

而我——

「你這傢伙想跟桐乃交往的話，先得到我的認同再說！你必須讓我承認，你會比我更加珍惜桐乃！」

——我就是這麼容易嫉妒！也不會看場合講話！而且打死都不肯認命啦！

有意見嗎？混帳！

在出現過好幾次的失控當中，這次特別糟。

我發飆的理由根本就狗屁不通。

什麼人不找，我偏偏要對「妹妹的男朋友」——講出這種話。

我這個傢伙——到底是想怎樣啊？

我指著「妹妹的男朋友」，高聲宣布說：

「但是很抱歉！我比你還要珍惜桐乃！絕對是我贏！所以我不會把她交給你！」

「……你的意思是，你不會把妹妹交給自己不能認同的男生？」

「沒錯！不管你有多厲害……我就是擔心我妹！我擔心她擔心得快要死掉了——你不服氣的話就想辦法讓我放心啊！」

沉默再度佔滿屋裡。

我講出來了。啊……講出來啦。但同時臉也紅得快要噴出火來了。

不過，我心裡很痛快。把話說完之後，我重新體認到……

啊啊，啊啊，我全招了。剛才那些都是我的真心話。

說來說去，我就是寵我妹妹寵得不得了，這樣的妹妹如果被其他男人搶走了，我就是不甘心，就是會火大，就是會覺得寂寞。

而且最重要的是我會擔心。

對方是個頗有能耐的傢伙，桐乃也很懂事。即使我的腦袋可以理解這樣不會有問題，我依然擔心，擔心得要命。簡直像胡言亂語一樣。明明我到現在還是很討厭桐乃，然而對妹妹抱持的這種相反的感情，也毫無矛盾地存在我心裡。

周遭充斥著寂靜。

「……你……你……」

總算冒出來的些微聲音，也立刻就停住了。

抱歉，桐乃。

客觀來看，我是個腦筋搭錯線又差勁透頂的傢伙。當妹妹開開心心跟別人聊天時，我不看場合就這樣闖了進來，只顧著發洩自己滿腔的情緒。這種自我滿足的行為，對別人來說簡直困擾到極點。要是彼此喜歡的桐乃和御鏡之間，因為這樣而有了心結的話——做出這種蠢事的我，就算被恨一輩子也不奇怪。

我懂。即使如此，我也只能這麼——不對！

我是靠自己的意志決定要這麼做的！

室內靜得一點聲音都沒有。

大約過了一秒、三秒、五秒之後……第一個說話的，是桐乃。

「你還不是一樣……」

妹妹低著頭，肩膀不停在顫抖。咬牙切齒的她抬起頭，整個人站了起來。

「你自己還不是一樣！你自己，你自己明明都跟土氣妹……還有那個黑漆漆的親密成那樣！不要就只會說我！」

啪！桐乃狠狠給了我一巴掌。

「我當然……也會有……我當然也會有意見啊！」

說到這裡，桐乃竟然把御鏡帶來的蛋糕往我臉上砸。黏答答的不快感留在我臉上，胸口隨後又是一陣衝擊——她重重地揍了我。

「你這白癡！白癡！」

我一次、又一次地，被她痛毆。桌上的杯子打翻了，飲料流了出來。

家裡一團亂。即使如此——我仍然不打算阻止她。

「那時候你明明露出了那麼噁心的臉！為什麼到現在，到現在才要跟我講這些嘛！」

濁流般暴漲的情緒和話語，灌進了我的胸口。

但我並無法掌握到那些任情緒編織出來的話語其中的意思。

「妳在講什麼啊？應該說……麻奈實和黑貓她們……跟現在的事情有關係嗎？」

「有！」

桐乃的情緒徹底失控了。

她哭得一蹋糊塗，以緊繃的表情大吵大鬧著。

「我騙你的！我說跟他在交往是騙你的！而且我也沒有和他接吻……！那些話，全都是我亂編的！」

講完之後——桐乃喘吁吁地上氣不接下氣，貼到了極近距離內，瞪著我的臉。

不知道是不是用完了力氣，她的臉看起來就像隨時會暈倒。

剛才的台詞，究竟灌注了多少強烈的感覺？儘管如此，她揪住我胸口的力道還是一樣強。

彷彿賭著一口氣，也絕對不會把我放開。

然而……

「我……我現在沒有在問妳那些吧？」

明明這樣的事態是我自己惹來的，我卻完全搞不懂發生了什麼。

連妹妹的這段震撼發言，我想理解似乎都還要再花個幾秒鐘。

兩邊講的話根本湊不起來——我這樣認為。

即使如此，狀況仍繼續在演變。

「真的太好了，桐乃。」

這陣聲音平靜得像是搞錯了場合。回頭看去，御鏡依舊微笑著。

在場只有他一個，掌握了所有的狀況——御鏡的口氣聽起來就像這樣。

等我猛一看妹妹的臉，她卻低著頭。

「這是……怎麼回事？」

我勉強開口問御鏡。可是他卻像完全聽不見我的話，只是盯著桐乃的臉。御鏡有些寂寞似地，遞出了手帕。

「這樣我的任務就結束了……對吧？」

「嗯……是啊……」

慢著慢著。咦？你們兩個，是在講什麼啊……？

御鏡朝著徹底陷入混亂的我開了口：

「我幫桐乃再說明一次吧……總之，我跟她在交往這件事，是騙你的。」

「騙我的？」

到了這時候，我終於發現這兩個人想表達的事情有多嚴重，心裡只覺得愕然。

「是的，別說接吻了，我們連手都沒有碰過。是桐乃拜託我『裝成』她男朋友的。」

……御鏡說「裝成」她男朋友……所以，他和我那時候一樣——

咦？咦？那麼，現在是怎樣？表示說，我完全被這兩個傢伙唬住了……

然後，然後……我還講了那……那……那那那種台詞出來！

咕唔哇啊啊啊啊啊啊啊啊啊啊啊啊啊啊啊啊啊！這算什麼！這是在搞啥啊？

「為……什麼？」

從我嘴裡，只冒出了這些話。為什麼他們要做這種事？

桐乃幹嘛搞出這種莫名其妙的把戲，讓事情演變到鬧翻的地步——是因為想把讓她非常火大的我當成笨蛋耍？不對，這不可能。因為她不會為了這種胡鬧的理由，故意搞砸朋友們的派對。

看了桐乃緊閉嘴巴低著頭的模樣，御鏡似乎不忍心，又怯怯地繼續說道：

「——呃……桐乃，妳是希望妳哥哥能察覺對吧？」

「不……不對！」

桐乃激動地否認。我忍不住插嘴：

「那妳為什麼要這樣做？」

「因為……因為……唔……！」

話已經跑到她的喉嚨，卻又遲遲說不出來。

「還不都是你……你……！」

桐乃一臉非常難過地仰望著我。

「你……要……！」

啊……可惡。混帳東西。

我投降。我已經忍不下去了。

不管「桐乃交了男朋友的風波」是故意要整人，還是胡扯出來的……我都是珍惜妹妹的哥哥。我不能讓她繼續露出這種表情。

「可以了。」

「咦……？」

「妳不用勉強自己說啦。」

我把手「咚」地放到妹妹頭上，輕輕地撫摸。

「你……你在……幹嘛……？」

「還用問……我是在盡哥哥的義務啊。」

說不定這傢伙會氣得要我把手拿開，但總比她現在這種表情好太多了。

「……嗚……嗚……」

「不……不要哭啦……怎麼回事嘛……？」

我實在是夠蠢的了。做什麼都弄巧成拙。

面對愛哭的妹妹，我難堪地慌了手腳。

……雖然講出來滿多餘的，但這件事還有後續。

當我在妹妹面前不知所措的時候——

「京介？你……你在做什麼？」

似乎去買東西的老媽，很不巧地回來了。於是她目擊到的，便是亂成一團的客廳、一臉傷腦筋地呆站著的女兒的男朋友、正在哭的桐乃、還有站在旁邊的（照理說早就被趕出客廳的）

——我。

簡直就像我跑來客廳大鬧了一番，把桐乃氣哭之後的現場。

「咦？不是啦！老媽，妳誤會了！」

我自己也覺得這樣找藉口一點說服力都沒有。

「誤會？還有什麼好誤會的？你連什麼事該做、什麼事不該做都不懂嗎？」

這時候，老媽露出猛一回神發現了驚人事實的表情。

「你……你該不會，該不會——」

**「終於染指自己的妹妹了吧？」**

「咦咦——？」

喂！老媽！為什麼妳會這樣想啊！

「少跟我裝蒜了，你這沒天良的……！我都聽隔壁太太跟我說過了喔！你們兩個之前還在車站前面手勾著手，親密地走在一起對吧……？」

這世界是有多小啊？居然連那時候都會被鄰居看到……！

「沒想到你們兄妹會鬧出三角關係……！這樣不行！媽媽我絕對不會原諒的！」

「不對！我就說這是誤會嘛！」

「那桐乃為什麼在哭？是你惹她哭的對吧？」

「是沒有錯啦，但是不對啦！」

啊啊，麻煩死了！

這下子沒救了啦……

結果，我根本沒辦法把所有事情順利解決掉。包括別人看我的眼光、我自己的自尊，很多部分依舊搞得一蹋糊塗，雖然我一直都是靠衝勁設法撐了過去。

這種做事情的方式，遲早會露出破綻吧？

也只能到時候再說了。

「——你有在聽嗎，京介？」

「有有有有有——」

雖然很沒面子，現在先為自己辯解吧。

十幾分鐘後——

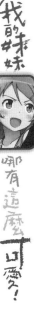

「喔……痛痛痛，老媽居然下手那麼重。」

「哈哈……你沒事吧？」

想辦法跟老媽解開誤會之後，我和桐乃還有御鏡，都來到了玄關外面。

畢竟御鏡也準備要回家了，同時這也是為了讓我們在沒人會妨礙的地方，繼續把話談下去。也不用我先開口，出了一聲「其實——」的御鏡就帶起話題了。

「一開始，其實是美咲小姐拜託我說服桐乃。」

為了讓不想到國外的桐乃改變心意，美咲小姐才會幫忙找來更優質的男朋友。然而御鏡和桐乃，都沒有單純到會隨便接受安排。

「桐乃是個很棒的女孩子，不過對我來說負擔太重了。當朋友的話還沒關係，要當戀人就沒辦法了。我實在不夠格。」

你也懂吧？帶著自嘲味道的御鏡用眼神對我示意。

「所以京介，你那些話是說中了沒錯。為了保護自己妹妹，你選擇了正確的行動。或許你會覺得——自己做了些傻事，但我認為你是可以抬頭挺胸的。」

「哼。」

這傢伙竟然還對我嘻皮笑臉。真會裝熟。

「再說……」

說到這裡，御鏡得意地把單手湊在胸前。

「我已經心有所屬了。」

「是喔，我也知道是誰了，所以你可以不必再講下去。」

「真厲害，你是超能力者嗎？」

你心儀的對象是那個吧？就是我也認識的成人遊戲女主角對吧？

可惡，為什麼我連這麼簡單的事情都沒想到！像他這種重度的噁心阿宅，哪有可能會想跟三次元的女人談戀愛啊！

「哈哈，坦白跟你說，美咲小姐好像早就知道你們兩個是兄妹了。」

「咦？真的嗎？」

「是啊，她似乎一看就知道了。我想你們當時應該演得很爛吧。」

囉唆。嘖，這樣啊……要說的話確實也是啦……

「不過，就算這樣——事情還是不會變。我想還是不會變的。像我這種人，沒辦法破壞你們兩個的關係——我會這樣告訴美咲小姐。」

我還會再來玩喔，下次是以京介朋友的身分。

留下這麼一句後，御鏡回去了。

剩下的問題，關於桐乃跟黑貓要怎麼和好，還不用我出面就解決了。

騷動過後，在晚上的客廳。當老爸高高興興地喝著酒的時候，旁邊的桐乃似乎打了電話給黑貓，談了相當久——當然我沒理由會知道她們的談話內容。

不過在掛掉電話之後，我妹露出異常乾脆的表情這麼說：

「——後天，我們要重開慶功宴。」

破壞社團，之後還得向沙織負起責任的未來，就這樣被我躲開了。

而綾瀨拜託我「調查」的事情，也已經順利完成。

「綾瀨，桐乃她沒有男朋友啦。」

「這樣嗎，那太好了。」

隔著聽筒，能聽見綾瀨放心的聲音。

「順帶一提，妳手上的大頭貼是哪裡來的？我自己的份都好好地保管在我這，桐乃的份在我跟她吵架的時候，也被她拿來丟我了。」

「……大哥，你有仔細確認過桐乃丟給你的大頭貼嗎？」

「咦？是沒有啦。」

「那就算了。沒什麼，請你不要在意。」

「…………」

什麼跟什麼啊？這樣想的我聳了聳肩。

然後——

我現在被黑貓叫出門，和某個時候一樣來到了校舍後面。

時間是傍晚。天空染成了紅色，腳下的影子伸得又遠又長。

在影子伸去的方向那頭，黑貓正坐在板凳上。

「………………」

一察覺到我的身影，她便靜靜地站了起來，然後用似有若無的微弱聲音說：

「……我等你好久了。」

「啊啊。」

與我面對面的黑貓，和夏Comi時一樣穿著白色的洋裝。

形象清純的便服，和聳立在旁的校舍有某種不協調感，簡直就像不小心踏進了非日常的世界那般，讓我感覺到一股不可思議的亢奮。

「妳說，妳跟桐乃和好了？」

「……是啊，昨天，在電話裡和好的……好像讓沙織和你都擔心了。」

「我不在意啦。既然已經和好的話，那就太好了。沙織似乎也很期待明天的慶功宴呢。這次一定要開成功喔。」

「嗯，嗯——對啊。」

黑貓語氣平靜地，頻頻點著頭。

我覺得，她最近跟我說話的方式，好像有了一點改變。

「對了，妳們好像談了很久……桐乃都跟妳講了什麼啊？」

「這是祕密唷。」

「是喔。」

雖然我很感興趣就是了。要是她不打算說，那也沒辦法。

黑貓「呼……」地做了一次深呼吸，然後才改變話題。

「那麼……我問你，今天找你過來是為了什麼事，你知道嗎？」

她把手湊在胸前，仰望著我。我露出傷腦筋的臉說：

「呃……我只有收到一封寫著『我在「約定之地」等你』的簡訊，這樣哪有可能知道是什麼事啊？」

光能察覺到她指的是這裡，我就覺得自己的洞察力很了不起了。

「是……是嗎？算了，沒關係。」

像是為了掩飾什麼，黑貓撥起蓋到耳朵的黑髮。總覺得不太對勁，她的樣子看起來好像被逼急了。或許我也受了她焦躁的影響，胸口正緊張不已地加快了心跳。

「我叫你過來……是要想幫你解開『詛咒』。」

「……詛咒？」

「是……是啊，我說的就是詛咒。之前，我在這裡對你下的……詛咒。」

豔紅嘴唇編織著蠱惑人的話語。

「啊。」

察覺到詛咒的意思，我的臉頓時熱了起來。同時黑貓的臉也變紅了。

這種感覺，簡直像和眼前講話的對象共有一份感情。

「幫我解開詛咒……是……是要怎麼做？」

「笨……笨蛋……！你在想像什麼啊？」

彷彿被黑貓讀出了內心，我挨罵了。在情緒慫恿下，我老實回答說：

「沒有啦，我只是在想……妳大概會做一樣的事吧。」

「就……就知道你會這樣想……受不了……受不了……真是個不知羞恥的雄性。」

「對……對不起。」

可是，一般都會這樣聯想吧？

氣嘟嘟的黑貓咬著下唇，斜斜地朝我的臉瞪了一眼說：

「詛咒——是解不開的。」

「啊？」

「一……一旦中了詛咒……就不可能『解咒』了。」

喂！

「這樣講不對吧？我記得妳說過，只要實現妳的願望，詛咒就會解開不是嗎？」

「沒有錯。只要實現『我的願望』……詛咒確實會解開。只不過，這不代表你中的詛咒就會消失喔。」

我聽不懂她的意思。黑貓這傢伙，根本像是被外星電波感染了——但看到她那緊迫且拚命的表情後，我實在也不能對她說「妳給我差不多一點」。

「那麼……妳說的『解咒』是？」

「就是用更強烈的詛咒，將之前的詛咒覆蓋過去。」

如此這般地，黑貓把世界上最為強大、古老而且恐怖的咒語說了出口：

「請你和我交往。」

在這段告白後過了幾天——
我和黑貓變成了戀人。

# 後記



大家好，我是伏見つかさ。第七集能夠平安發售，讓我鬆了一口氣。各位覺得如何呢？要是能讓大家看得開心，我也會很高興。

在這裡要回覆各位寄信來的書迷。

東京都的がちゃぴんのみどり讀者（一直很感謝你。這次也寄了這麼多張圖過來，我很高興），Ｙ瀨讀者（我國中時是足球社），Ｍ志織讀者（有跟桐乃立場接近的御宅族女生寄信過來，對我是很大的鼓勵），Ｓ木讀者（畫在意見旁邊的角色們好可愛）。

千葉縣的Ｍ子讀者（非常感謝妳寄第二封信過來。妳好像也傳了mixi的訊息給我……我都心存感激地看完了。雖然各位讀者用mixi和電子郵件寄了不少訊息給我，很抱歉我沒辦法一一回覆）。

埼玉縣的Ｍ戶讀者（謝謝你這張美麗的插圖！我拿來用在作者近照了。桐乃的模特兒，是幾個漫畫的角色和實際存在的人物喔）。

愛知縣的Ｋ籐讀者（你的信我會交給かんざき老師），Ｋ根讀者（你的信非常治癒人心。

希望你也能畫貓娘姊妹），O橋讀者（感謝你指正錯字）。

兵庫縣的トゥデイ讀者（感謝你觀賞nico直播！我記得我好像看過你提的那個意見），こくてん讀者（謝謝你打氣的插圖和留言！我會加油）

德島縣的タカ☆タカ讀者（我還會去德島的！這本書上市的時候，我應該已經去完回來了吧）。

長野縣的N山讀者（第一次收到你的信。謝謝你充滿活力的來信！也請幫我問候像莉亞和麻奈實的朋友！）。

廣島縣的Y原讀者（知道妳和瀨菜有同感，我很高興。腐女讀者似乎意外地多，嚇了我一跳）。

三重縣的I東讀者（對我來說，各位的鼓勵就是我的支柱）。

栃木縣的O川讀者（感謝你寄來的感想&梅露露插圖！），Y大地讀者（感謝你激勵的訊息。你費下苦工寫信的心意，有傳達到我這裡）。

靜岡縣的N山讀者（竟然畫了真壁的插圖！我想他以後還會再出現，麻煩你支持了！），G篠讀者（你那封內容豐富的信，讓我讀得很開心！）。

北海道的S篠讀者（你好，火辣眼鏡。這麼難回覆的信實在不多。但我很高興，還請你繼續指教！），S田讀者（收到了這麼多信，非常感謝你。責任編輯交給我的時候，厚厚一疊讓我嚇到了。聽說你也有參加動畫ＥＤ主題的徵稿……！）

京都的Ｔ山讀者（感謝你畫的這張迷人的桐乃！廣播劇ＣＤ聽得還開心嗎？）。

宮城縣的Ｏ嶋讀者（感謝你的插圖＆感想！雖然被拿來跟了不起的作品相提並論……但我會努力不被比下去的！）。

香川縣的Ｔ田讀者（一直很感謝你寄信過來）。

岩手縣的ひぃ～はァ～讀者（動畫好像也會在網路上播送喔！買齊ＤＶＤ會需要花不少錢……請你先免費觀看吧）。

各位的來信給了我很大的鼓勵，也請大家今後繼續寫信給我。

目前我正在進行各項跨媒體的工作。NAMCO BANDAI預定會在一月二十七日發售ＰＳＰ遊戲「我的妹妹哪有這麼可愛攜帶版」，其中「綾瀨路線」以及「加奈子路線」的劇情是由我來操刀。遊戲將會原汁原味地保留原作的氣氛，再搭配豪華的圖像和語音，有興趣的話請各位要玩玩看喔。

等到零零總總的工作在十月中旬告一段落——而這本書也送到各位手上時，希望我已經開始為第八集執筆了。

我會加把勁，讓後續集數盡快送到各位手上的！

下一集的舞台是暑假後半，戀愛篇預定將邁入高潮。

敬請期待。

二〇一〇年八月　伏見つかさ

國家圖書館出版品預行編目資料

我的妹妹哪有這麼可愛！ / 伏見つかさ作 ; 周庭旭, 鄭人彥譯.——初版.——臺北市 : 臺灣國際角川, 2009.06

面 ; 公分. ——(Kadokawa fantastic novels)

譯自 : 俺の妹がこんなに可愛いわけがない

ISBN 978-986-237-137-4(第1冊 : 平裝)

ISBN 978-986-237-271-5(第2冊 : 平裝)

ISBN 978-986-237-411-5(第3冊 : 平裝)

ISBN 978-986-237-591-4(第4冊 : 平裝)

ISBN 978-986-237-770-3(第5冊 : 平裝)

ISBN 978-986-237-870-0(第6冊 : 平裝)

ISBN 978-986-287-071-6(第7冊 : 平裝)

861.57　　98007943

Kadokawa
Fantastic
Novels

# 我的妹妹哪有這麼可愛！ 7

（原著名：俺の妹がこんなに可愛いわけがない 7）


2011年4月22日　初版第1刷發行
2011年6月24日　初版第2刷發行

作　者：伏見つかさ
插　畫：かんざきひろ
日版設計：伸童舍
譯　者：鄭人彥

發 行 人：塚本進
總　監：施性吉
總 編 輯：呂慧君
副總編輯：蔡佩芬
主　編：吳欣怡
文字編輯：洪于琇
美術副總編：黃珮君
美術主編：許景舜
美術編輯：陳晞叡
印　務：李明修（主任）、張加恩、黎宇凡
發 行 所：台灣國際角川書店股份有限公司
地　址：105台北市光復北路11巷44號5樓
電　話：（02）2747-2433
傳　真：（02）2747-2558
網　址：http://www.kadokawa.com.tw
劃撥帳戶：台灣國際角川書店股份有限公司
劃撥帳號：19487412
法律顧問：寰瀛法律事務所
製　版：巨茂彩色印刷品有限公司
ＩＳＢＮ：978-986-287-071-6
香港代理：角川洲立出版（亞洲）有限公司
地　址：香港新界葵涌大連排道200號偉倫中心第二期20樓前座
電　話：（852）3653-2804